40歳だけど大人になりたい

王谷晶

平凡社

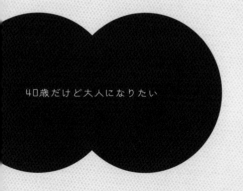

王谷晶

40歳だけど大人になりたい

はじめに

この本は、40歳を過ぎた一人暮らしの個人事業主が「大人になりたい……」と願いながら、日々世の中に起こることや自分の来し方行く末に悩んだりボヤいたりする軌跡をまとめたエッセイ集です。

40を過ぎたならじゅうぶん大人のはずだろうって？　それはホントにそうなんですけど、でもやっぱり、まだ自分のことを胸張って大人と宣言するのは気後れしてしまうんですよね。自分のイメージする「大人」と自分の現状がかけはなれているし、イメージに寄せていく方法も分からない。こういう大人になりたい！　みたいな具体的なロールモデルも見つからないし、かと言ってもちろん自分を子供だ、赤ちゃんだ、バブゥ、と言うこともできない。曖昧な状態で、時間だけが過ぎていく。

そんな自分に焦りを感じるけれど、日々の仕事や生活に忙殺されて、「自分はこの先どういう大人になったらいいか」という大事なこと（大事なことだと思う）を考えている余裕がない。そしてまた月日が過ぎ、年を取り、年を取るけど大人になれないまま同じサイクルを繰り返す……。

そういう、年齢だけ重ねた大人志望者みたいな人が、もしかしたら自分の他にもいるんじゃないか。そういう人と一緒にこの「大人なはずなんだけど、大人になりたい」という願望をつつきながら力なく笑い飛ばして、とりあえず今日をやりすごせないだろうか。そういう、あまり覇気のない気持ちで書いています。全体的に、元気ハツラツなトーンの本ではありません。身体だけは大人というか中年で、だいたい常に疲れているので……。

大人ってなんなんでしょうね。法的に大人と認められる20歳になったときのことを思い出します。その時は、大人になったという感慨は、やはりほぼありませんでした。素行のあまりよくない子どもだったので酒も煙草もとっくにやっていたし、昔から老け顔で身長も見た目も12歳からほぼ変わっていない。18歳で地元を棄てて住民票も移していたので成人式の案内も来なかった。でも働いて頼りないながらもなんとか自立していたし、自分はもうとっくに大人だ、という自信のようなものがその時はありました。

　思っているほど自分は大人ではないのかもしれない、ということを考え始めたのは、30歳になったあたりでしょうか。当時のSNSを掘り下げると〈なってしまった。30歳に。ドント・トラスト・オーバー・サーティ！　もう俺は俺を信用しない！〉〈いくら今人生終わるかも、て考えても、私まだ30歳なんだわ。あと10回くらい終われる。〉等と書き込んでいました。なんておとなげがないんだ。

　しかし振り返ると、この30歳になったあたりから、やっと「ものごころ」がついた気がしてならないのです。生まれてから30年くらいまでは、なんというか自我が洗濯機につっこまれてブン回されている感じで、溺れないように呼吸して生きるのだけで必死で、手元も遠くもよく見えていなかった気がします。30歳になってようやく自分を客観視することが、多少はできるようになってきたというか。20歳のころに持っていた妙な全能感と「大人である自信」は、逆にまだ自分を一歩引いて見ることのできなかった子供っぽさのあらわれだったのかもしれません。なので30の自分は、そこでやっと、己が思い描いていたような大人ではないことに気が付き始めたんだと思います。

今の仕事を本格的にやりはじめたのもその頃で、文章を書けば書くほど過去の自分が未熟に思えて苦しくなりました。テキストは残酷で、過去の自分がそのままかたちになって残ってしまいます。今ならこんな風には書かないのに、とかこんなダサい言葉の使い方しないのに、とか無限に恥が湧いてきます。若い頃は無根拠に持っていた自信が崩れて、それでも食っていくために働くことは止められなくて、ついでになぜか20代のころよりも色恋沙汰にもかまけるようになってしまって、なんだか思春期をもう一度やり直しているような30代でした。ちっとも落ち着かないし、ぜんぜん余裕がないし、金も力も手に入らないし、考えてることだってコロコロ変わる。生きてるってしんどいなあ。でも、自分が何が欲しくて何がやりたいのか、少しずつ分かってきたかもしれない。

そんな感じでものごころついて十余年。40歳を越したいま、私はやっぱりまだ洗濯機の中でぐるぐる回り続けていますが、一緒に回っている他の洗濯物を見ることができたり、強烈なすすぎや脱水をやり過ごす術をちょっとだけ身につけられるようになってきた、気がします。早く洗濯機を脱出して日当たりのいい場所でのんびり干されたい。枯淡の域に達したい。落ち着いた、大人っぽい大人になりたい。そう願っていますが、そこまで行くのはまだ遠そうです。頭の中は各種の欲望まみれだし、立身出世してぇとかビッグマネーをゲットしたいみたいなギラついた野望もなかなか消えません。こんなダウナーな感じで書いたエッセイなのに、この本もあわよくば10万部くらい売れねえかなという皮算用もついしてしまいます。その際は銀座で回らない寿司とか名札のついた焼肉が食いたいとか、そういうことばかり考えてしまいます。今も考えています。本文の原稿を書いている途中もだいたい考えていたかもしれない。そういう塩梅の本ですが、どうか気楽にお付き合いいただけたら幸いです。

目次

3章 ひとりで生きる、誰かと生きる？

1章

どうやって年をとればいいんだろう

エブリデイ惑いまくり

今年、40歳になった。成人してから20年が経過した。成人のダブルスコア。つまり40歳は大人だ。押しも押されもせぬ、有無を言わさぬ、どこに出しても恥ずかしくない大人だ。そのはずだ。孔子も「四十にして惑わず」という有名なリリックをプッシュしているくらい、40歳は大人だ。そういうことになっている。

しかし実際はどうだろう。40歳の私はちゃんと大人をやれているんだろうか。大人っていうか、もう中年というグループにジョインする年齢だが、ガワはともかく中身はぜんぜん〝そういう塩梅〟になれていない気がする。今日もガリガリ君とマックのポテトがぜんぜん美味いし、いま着てる服はカレーの染みの落ちないTシャツと尻の部分が擦り切れたスウェットだし、眉毛の描き方がずっと分からないし、税金や保険のこともよく分からず、確定申告は「とりあえず出してみて怒られたら直す」という方式で通しているし、仕事はあるが、締め切り前に納品できたことなんてほぼなくて、おそらくいくつかの出版社の暗殺リストの上の方に載っているし、プロット通りに書くこともできない。片付けができず、ゴミ屋敷状態になったアパートから死ぬ思いで引っ越した先の新居をまた散らかしている。マッチングアプリをダウンロードしては削除するのを繰り返し、別れた相手からはしみじみと「恋愛向いてないよ」と評価され、年に20回はダイエットと禁酒と禁煙を思い立ち、ゲームのやりすぎや漫画の一気読みで寝不足になり、通販で無駄遣いをし、貯金ができず、冷蔵庫できゅうりを腐らせ、サボテンを枯らす。ようするに20歳のときと全く変わらない態度と生活様式と精神で生きている。変わったのは徹夜ができなくなったのと陰毛に白髪が出現したことくらいだ。

昔から、一秒でも早く大人になりたい子供だった。30歳を過ぎても35歳を過ぎても「昔に戻りたい」とは一瞬も考えなかった。今もそうだ。歳を取るのが嬉しい。だって大人になれるから。しかし40になって、「これ、大人か？」という根本的な疑問にぶち当たってしまった。年はとった。しかし、なんか違う気がする。「大人です！」と胸を張って宣言できる要素があまりに少ない。人生80年と考えると、もう折り返し地点だ。そんなとこでまだ「あたし、大人……なのかしら……？」なんて惑っていていいのだろうか。あんまりよくない気がする。いやだ、あたしゃ大人になりたい。マジで。

そして周囲の同じ年頃の友人知人に話を聞くと、みんなやっぱりいい年こいて「大人になりたい」と感じているようなのだ。なんなら家庭を持って己の子まで成しているやつまで「大人になりたい」と言っている。みんな惑っている。21世紀になって私たちは確かに少しずつ自由になっているけれど、人類史において初めて「どうやって年をとったらいいのか分からない」世代になっているのかもしれない。敷かれたレールを走りたいわけじゃないが、灯りも地図もない荒野に放り出されるのは不安すぎる。

じゃあまずそもそもの話、「大人」って、どういうものなのか。子供のころ、将来自分がどんな大人になるのかよく妄想した。その時思い描いていた己の姿は、経済的に自立し、都内のオシャレなマンションで一人暮らしをし、シュッとしたスタイルでモードなファッションを着こなし、あとはこう、友達とかいっぱいいて……週末はパーティとかクラブに繰り出しているような……書いてて恥ずかしくなってきたな。バブル全盛期に田んぼと山とパチンコ屋とヤンキー文化しかない田舎で育ったので、当時のルサンチマンにより、「バブリーできらびやかなシティライフ」に対する憧れが人一倍強いのだ。そんな私の理想の大人像は、わたせせいぞうやパトリック・ナゲル（デュラン・デュラン『Ｒｉｏ』のジャケ画の作者）のイラストに出てくるようなアーバンでヒップでバッチグーな肩パッドギャルである。ああいう感じの大人に、時を経れば自然となるもんだと思っていた。

ちなみにわたせせいぞう先生のバブルを代表するトレンディ・コミック『ハートカクテル』（もちろん全巻持ってます）の中で渋くて意味深でオトナな会話を交わしている登場人物たちはだいたい20代半ばとかせいぜい30歳程度の設定なのだ。80年代は「ハタチ過ぎたら大人」だった。今は20歳くらいだと、まだコドモの箱に入れておいてもいいんじゃないかくらいの感じで周囲も本人も見ている気がする。

さすがに今は、大人になるというのはそういうブランドスーツとか肩パッドとかオーセンティックなバーみたいなガワの話だけじゃないのは理解している。大切なのは精神性であろう。大人の精神……。イメージとしては、落ち着いていて思慮深く、清濁併せ呑む包容力があり計画性がある、みたいな感じがする。

ここで一番身近な大人、すなわち自分の両親を思い浮かべてみたが、これがまた二人とも私の30倍くらい元気でチャラい人たちなのだ。少なくとも40年間、「うちの親は落ち着いているなあ」と思ったことは一度もない。それでも年齢的には当たり前に私よりかなり大人であることは間違いない。ああいう人の「大人観」というのはどうなっているのか？

さっそく母にＬＩＮＥで「大人ってどういう状態だと思う？」という曖昧なインタビューを投げてみると「責任感を持つことと、過去を振り返って反省することかしらね」というネタにしにくいくらいまっとうなご意見が返ってきた。チャラくともさすがにアラウンド古希。どちらも確かに「大人として重要な要素」っぽくはある。なるほどねとは思うが、ふと辺りを見回せば、そこをクリアしてる大人は（自分含め）そんなにいないんじゃないの……？　と感じる。特にニュースに出てくるような偉そうな面してスーツにネクタイ締めてなんか知らないが税金をジュルジュル吸って暮らしているオッサンたちにはその要素が欠けに欠けている気がする。気のせいかしら？　彼らは大人じゃないのかしら。だとしたらなんで税金払って大事なことを任せなきゃならないのか……。特にこの数年は、政治のニュースに何度「まともな大人だったらこんなことしないだろ！」と絶望の悲鳴をあげさせられてきたことか。

いや待てよ。政治家や行政のリーダーが大人らしくないってことは、それを選んでる側、つまり私やあなたが大人じゃないからかもしれない。だとするとこれは思ったよりもややこしい問題なのかもしれない。

10代から30代前半くらいの時期、私はもっとふざけた人間だった。若くて体力があったのもあるが、無軌道に酒を飲んではチャラチャラ遊んでいたし性格も今よりチャラかった。しかし近年の私は、締め切りを破る以外はとっても真面目。別に心を入れ替えるようなエピソードがあるわけじゃなく、自然とそうなっていた。たぶん、若いころは社会がもうちょっと真面目だったのだ。だから気楽にふざけることができた。

でもいま、この世はメチャクチャだ。ふざけきった世の中でふざけることほど退屈なものはない。大人になりたいとこんなに強く考えるようになったのも、このふざけた世界をなんとかしたいという気持ちの表れなのかもしれない。もし大人になりたい年だけ中年ズが大人になれたら、それで世の中ちょっとマシになったら、またあのころみたいに気楽にふざけちらかすことができるのかな……？

あれこれ考えているうちに、また母からＬＩＮＥがぴろんと来た。そこには「でもまだ自分の中にガキの部分があるのを感じる」という恐ろしいメッセージが記されていたのだった。我々は本当に大人になれるのだろうか……？

老いと大人

40歳だけど大人になりたい……。改めてこの連載タイトルを口に出して読んでみると、「お前は何を言っているんだ」感が凄い。このフレーズを共感と共に読んでくださる方に向けて書いているつもりだが、逆にぜんぜん共感できないという人たちもいるだろう。

そう、世の中には、ハタチになったらしゃっきり大人になって、その後も順調にライフステージの駒を進めながら大人道をすいすい進んでいる人もいる。または、自分は大人なのかな？　みたいな一銭にもならない話には一切興味がなく、目の前のやるべきことを粛々とこなして生きている人とか。というか、世間の多くの人がそうなのだと思う。30になっても40になっても自分の大人性に自信がもてず、ウダウダぐねぐねと頭の中で休むに似ている考えをこねくりまわしているようなモラトリアム一番星人間は、少数派だ。そんなやくたいもないことを考えている暇があったら、家事をするとか仕事をするとか寝るとかデートに行くとかもっと生産的なことをしなさいと、私の頭の中のエア・世間様が叱ってくる。このエア・世間様は何度追い払おうとしても頭の中から出ていってくれない。リアル・世間様も辛いがこの脳内のエア・世間様も辛い。おそらく私は、自分が大人になれない中年であることが後ろめたくて恥ずかしいのだ。そんな自分がリアル世間から隔絶されて取り残されているような気分に、ついなってしまう。

だから、大人道をすいすい歩いているように見える人と自分を比べてみて勝手に肩身が狭くなってみたり、Ｆａｃｅｂｏｏｋで同級生が家を建ててるのを見て興味ないふりして密かに落ち込んだり、ふと周りの同世代を見たら自分と服装の傾向がぜんぜん違うことに気付いてショックを受けたり、冠婚葬祭の話題にぜんぜんついていけなかったり、同期がどんどん丁寧でヘルシーな生活にシフトしていく中でひとりラーメン二郎に並んだり、そんなことを「私ってどうして……」と毎日のようにやくたいもなく考えてしまう、大人になれないしそのことを開き直ることもできないご同輩の袖を遠慮がちに引っ張るような気持ちで、この連載を書いています。

さて、私は大人になりたいという気持ちが子供のころからかなり強かったので、歳を取ることにも抵抗がなかった。逆にもっと早く20歳や30歳にならないかとそわそわしてたくらいだし、40歳になった時も「嬉しい」が一番先に来た感情だった。しかし、いざ40の彼岸に立ってみると、やはりそこには二十歳《はたち》や三十路《みそじ》の時には見えなかった風景が遠くに広がっているのに気付いた。老いである。

いや、言うてきょうび40程度はまだまだ若い。業種にもよるが仕事の場でもギリ「若手」に入れてもらえる年齢だ。しかし物理的、肉体的なアレが、着実に「お前はもう折り返しを回った」とプレッシャーをかけてくるのだ。精神はがきんちょのままなのに、肉体だけは成熟……を通り越して老いていく。なんという理不尽。

大島弓子の短編漫画に「夏の夜の獏」という作品がある（白泉社文庫『つるばらつるばら』収録）。相手の外見がその精神年齢で見える少年の話で、周囲より大人びている少年は8歳の子供でありながら20歳の青年の姿で描かれ、お互いに不倫している両親は小学生、人生の終盤に差しかかった祖父は赤ん坊の姿で寝ている。凄いインパクトのある漫画で、もし自分も世の中がそんな風に見えたら……と今でもたまに想像する。朝の通学路にはランドセルを背負った小さい子や青年、なかにはおばちゃんがいるかもしれないし、オフィスフロアではネクタイを締めた幼児や小学生がぎゃんぎゃん喚いている。テレビを見れば大人気アイドルグループに90歳くらいのご老人がいたり、中学生くらいの大臣が偉そうにふんぞりかえっている。そんな世界で、大人というのはどういう概念、どういう位置づけになるのだろう。年だけくってて精神が小学生の人間を大人とは呼びたくないし、かといって精神が大人びていても生まれて8年しか生きていないのなら、まごうことなき子供だ。

老害という言葉がある。主に若い世代に無体を働いたり各種ハラスメントをかます中高年以上の年齢の人を表現するスラングだ。ちなみにあんまり好きな言葉じゃない。インターネットは比較的若者がハバを利かせている場所なので、SNSはちょくちょくこの「老害」をディスる話がバズったりする。しかしその老害と呼ばれてしまうようなBADなご老人は、お若い時にはNO害だったのか？　というと、たぶんそういうわけでもないと思うんですよね。当たり前だけど、どんな年齢層にもうんこ人間とGOOD人間がいる。そして現在の老人人口は今の日本で一番人数が多いので、ヤベー奴の数も単純に下の世代より多いというだけなのだと思う。まあ、なかには若い時には聖人のようだった人が年を経て悪霊みたいになってしまった事案もあるだろうけど。

老いは誰にも等しくやってくるものだけど、心が成長を止め枯れていくこと、錆びつくこと、ヤバいバイブスに染まることは年齢に関係なく起こるものだ。それを「老害になる」「精神が老いる」とは、表現したくないのだよな。私は大人になりたいし、その先には健やかに老いるという目標も持っている。老いは、ただの時間の経過だ。老いにおかしなマイナスイメージを付加するべきじゃあないと思う。

それはそれとして、日々積み重なっていき決して戻らない肉体の老化という現象には、折りに触れ新鮮なショックを受けている。松屋の並が食えなくなった（昔は大盛り軽かったのに）、ていうか食べ放題が嬉しい言葉じゃなくなった、酒に弱くなった、枕が油粘土くさいなどなど、心のどこかで自分には関係ないだろうと思っていたものが、現実になっていく。大人になる前に、肉体はもう緩やかに店じまいの準備を始めている。個人的な目標としては、全白髪になる前までには大人になっておきたい（現在、総量のほぼ半分が白髪。残された時間は少ない）。

ちなみに1981年生まれの40歳というのは、ビヨンセとタメである。自分の大人げなさにくじけそうになった時、私はビヨンセのニュースを探す。そしてビヨンセの住む豪邸や小国の国家予算くらいの規模のチャリティの話を読んでは、「でっけえなあ……」とため息を漏らすのだ。これは「大宇宙に比べれば人間の悩みなどちっぽけ」のスケールをもうちょっと狭めたアレである。私はこの原稿の締め切りも破りに破っているカッスカスのダメ人間だが、そのぶんタメ年のビヨンセが今日も輝いてるから、宇宙全体で見ればトントンだろう。ありがとうビヨンセ。ありがとうデスティニーズチャイルド。そして今日も私は大人になりそこなう。

趣味と大人

「ご趣味は……？」という質問をされると、いつも一瞬身構えるというか、答えに躊躇してしまう。それは私の主な趣味が「読書と映画鑑賞」だからだ。市販の履歴書のサンプルに例として書いてあるような、無課金アバターのようなスタンダード過ぎる趣味である。20代のころ一瞬だけ真面目に就職活動をしていたのだが、その際「読書とか映画鑑賞というありふれた趣味はありふれ過ぎてて、こいつ趣味がないんだなと面接官に受け止められます」みたいなことを転職サイトの人に言われてビックリしたことがある。そんな無体な。だってマジでこの二つと、あとはせいぜいオンライン麻雀くらいしか趣味らしいものは持ってないんですけど!?　もっと詳細に、例えば「人がいっぱい死ぬ映画が好きです。臓物とか吐瀉物とかが景気よく大写しになると特に嬉しいですね」とか、「BLが大好きです。カップリングの好みは基本は可愛い系わんこ年下攻め×一見クールでシャイな年上受けで、受けはガタイがガッチリムッチリしていると最の高です」とか付け加えると本気の趣味っぽくなるかもしれないが、なんとなく面接等のオフィシャルな場で語るにはふさわしくない内容な気もする。

私が子供の頃、すなわち80～90年代あたりまで、「大人の趣味」と「子供の趣味」は今よりもくっきり分かれていた印象がある。テレビゲームやマンガは子供の趣味で、ゴルフやカラオケは大人の趣味。音楽や映画も、子供や若者が好きなそれと40代以上の人が好むものは違っていた。だからなんとなく、子供の頃は自分も大人になったら「大人の趣味」を持つのかなと思っていたし、私よりちょっと上の世代の知人も同じような話をしていた。その知人は若い頃、今はロックに夢中な自分もオッサンになったら自然と歌謡曲や演歌を聞くようになるのだろうと漠然と信じていたらしい。しかし趣味ってそういうものじゃない。その知人は現在もロックとかヒップホップが好きだし、今は児童向けの番組に大人が熱狂し、ヒーローコミックが原作の映画をアラサー・アラフォーが大挙して観に行く時代だ。戦後すぐくらいに出版された古いエッセイなんかを読むと昔の大人が「大学生がマンガ本に熱中するとはゆゆしきこと、幼稚でいかん」みたいな怒り方をしているのを見つけて驚いたりする。今は大学生どころかそのちょっと上のアラサーくらいの世代が、一番マンガやゲームを消費している層だろう。

趣味という話題でいつも思い浮かぶのが、母方の亡き祖父母だ。祖父はミステリ小説とクラシック音楽の二つを主軸に、カメラ、散歩、録画（ビデオデッキが出始めの頃は録画そのものがホビーとなる時代があったらしい）などの趣味を持っていた。手先も器用で、よく昔の洋画とかに出てくるでっかいガラスボトルの中に帆船の模型を作るやつ、あれとかもやっていた。祖母も英会話から日本舞踊にジャズダンスにドライブ（祖母の世代で運転免許を持っている女性はレアだった）に手芸と、数え切れないくらい多趣味な人だった。私の祖父母くらいの世代だと、趣味を複数かけもちしていた人の話をよく聞く。娯楽の種類が限られていたというのと、日本の景気が右肩上がりの時期に壮年期が重なっていて余裕があったんだろうなと思う。今は、いろんな趣味をお金をかけずにやれる時代になっている。映画鑑賞だって、映画館で観る場合もサービスデーやクーポンを駆使すれば一本１２００円くらいだし、Ｎｅｔｆｌｉｘ

を筆頭に数多あるサブスクに加入すれば月1000円ちょいで一生かかっても観きれないほどの音楽や映画やドラマに溺れられる。ソシャゲだって無課金でもじゅうぶん遊べるし、マンガはしょっちゅう全巻無料キャンペーンや電子書籍ポイントバック祭りをやってるし。私たちは貧しくなった。そしてその貧しさの中で出来る趣味を追求していくと、だいたいが企業が提供しているサービスにおんぶにだっこするものに帰結してしまう。趣味の資本主義化だ。それはなんかやだなーと感じつつ、今日もDLsite（一般的な電子書籍やゲームのほか、ちょっとエッチなマンガやだいぶエロいゲームなども販売しているオタク向けサイト）からドカドカ送られてくるクーポンをクリックしてしまう。

名乗るまでもなく私はオタクなので、趣味と人生そのものを直結させて考えてしまいがちだ。けれど見聞を広げると、「特に趣味らしい趣味は持っていない」という人もこの世界には大勢いるのが分かる。そういう話を聞いたとき、悪いオタクは「熱中する趣味も推しもいないなんて〝一般人〟の人生はむなしいでヤンスねえ！　つまらないでヤンスねえ！　拙者はオタクで良かったでヤンス！」と無根拠な見下しにかかってしまうのだが、私は善のオタクを目指しているので、そういう悪しきオタクはｉＴｕｎｅｓカードの角に頭をぶつけてドブガチャを引きますようにと祈っている。趣味とはあくまで生活の余録であり、必要な人や余裕のある人が、好きなときに好きなようにやればいいのだ。

じゃあ大人っぽい趣味、大人としての趣味とはなんだろう。それは、趣味の内容そのものじゃなくて、趣味との距離のとり方にあるのかもしれない。たとえ高級カントリークラブでのゴルフが趣味でもスコアが振るわない腹いせに同行者を5番アイアンで殴ったりしたらクソガキにも劣る（というか犯罪）し、幼児向けきせかえ人形のマニアでも、自分のお財布や時間に無理のない範囲で楽しみ同好の士ともわきあいあいとやれている人は、大人だ。趣味と自分を同一化させ、その趣味が批判されたら自分が批判されたと感じたり、他人が自分の趣味に興味を持たないと自分自身を否定されたように感じたり、そういう癒着した趣味との付き合い方はあまりにナイーヴだ。あくまでも主体である自分が、その外側にある趣味を楽しむというスタンスを保ち続けることが、大人にとっての趣味なんだと思う。

「趣味」はホビーの他にもセンスの意味でも使われることがある。私はそっちのほうはさらに自信がない。正直オシャレやインテリアに興味は大いにあるのだけど、どちらにもコンプレックス由来のひねくれた感情を持ってしまっているので、41年間（言い忘れましたが先日41歳になりました）それをこねくりまわした結果トンチキなセンスで固化してしまった。私のコンプレックスとはどれもすなわち「みんなと同じになりたいけど、みんなと同じにはなりたくない」というテーゼ&アンチテーゼでできている。これがちゃんとアウフヘーベンできればいいんだけど、そこはコンプレックス由来なので、「なら誰からも理解されないくらいのメチャクチャをやってやる」という「やけくその止揚」に走ってしまう。

結果、モヒカンピアスに1年のうち9ヶ月を原色のアロハシャツとサンダルで過ごすという、洋ゲーのザコキャラみたいなセンスの中年が爆誕してしまった。フリーランスだし好きな格好をしても誰にも文句は言われないのだが、大人っぽくはぜんぜんない。ほんとはシックでモダンな大人の女に憧れているのに、ぜんぜんそういう風になれない。一念発起して40女向けのファッション雑誌などをめくってみると、大人になりたきゃ家賃の半年分くらいのクツやバッグを買えと迫ってくる。嗚呼、ファッキン・資本主義。そして何もかもを諦めて今夜もＤＬｓｉｔｅでＢＬ本を買う。

運動と大人

先日、この連載を読んでくれている他社の担当編集と打ち合わせという名のZoom雑談をした折に趣味の話になり、「じゃあ結局履歴書ウケのいい趣味ってなんなんですかね？」と訊かれたので、私は「そりゃ、スポーツに決まってますよ」と自信をもって答えた（ちなみにその担当氏の考える履歴書ウケのいい趣味は「バス釣り」だそうです）。賭けてもいいが、一年に百冊本を読むやつより、月に一回家の周りを走って「趣味・ジョギング」と書くやつのほうが履歴書の上では強い。なぜならこの世は筋肉と汗と根性が文化や知性やセンスよりも尊ばれる体育会系の世界だからだ。お前らも私も一日中インターネットに浸かって休日も漫画を読んだりエルデンリングをやって家から一歩も出ないからピンと来ないだろうが、この世で一番えらいのはスポーツをするやつなのだ。この世は体育会系が筋肉で回している。運動を嗜まない我々は二級市民である。

私は運動ができない。自分がやるのも苦手だし、人がやってるのを見るのも興味がない。手足を頭で考えたとおりに動かすという行為がとにかく苦手で、卓球やバドミントンでラリーができたことがほとんどない。右に進もうと思ったら左に進むし、ラジオ体操ですら振り付けを間違える。運転免許をとるのが怖いのもこれが理由で、私が運転なんかした日には絶対に『デス・レース2000年』（公道をぶっとばして一般人を轢き殺すと得点が入るレースゲームを描いた映画）みたいなことになるのが目に見えている。幸か不幸か家族にもスポーツ観戦が趣味の人がいなかったため家庭内でもスポーツの話題が出ることはほとんどなく、よって野球とサッカーのルールがいまだによく分からない。冬季オリンピックの存在を知ったのも成人してだいぶ経ってからである（あとつい最近、国体にも冬季国体があるのを知りました）。41年間まがりなりにも一市民として社会生活を営んできて、ここまでスポーツのことを知らないのはもう積極的に「知りたくない」という意思が働いているからだ。好きか嫌いか、LOVEかHATEかで言えば、正直スポーツが憎い。可能な限り距離を置きたい、あいつとは。

しかし昨年の冬、しゃれにならない体調不良を感じ病院に駆け込んだ私におごそかに「軽い運動を習慣づけましょう」という宣託が下されてしまった。正確にはきちんと処方薬を飲んで酒と煙草とコーヒーとじゃがりことハリボーグミのバカ食いをやめて毎日一時間くらい身体を動かさないとサドンデスだぜというお話だった。長い待ち時間の果てに初めて飲むお薬をたんまり処方され、その足でいつもの喫茶店に向かいコーヒーのLサイズを片手に煙草に火を着け、私は思案した。10年前なら、多少無茶しても一日眠ればリカバリーができた。肩も腰もぴんぴんしてたし陽の光の射さない劣悪なシェアハウスで寝起きしてても5時起きで肉体労働に出かけていたくらい元気だったし、夜遊びもガンガンしていた。そう、10年前も運動なんて一切やっていなかったが、当時の私は日雇いの肉体労働者だったのだ。すなわち生きることが運動だった。それが今やベッドとトイレと仕事机間の移動以外は足を動かさず、外出自粛が尊ばれるご時世に乗って買い物もネットスーパーと通販で済ませてしまっている。毎日青汁を飲んでいるくらいではカバーできないダメージが蓄積されていたのだ。ということで、真剣に運動のことについて考えないといけなくなってしまった。

これは世代的なものもあると思うのだが、若い頃は「不健康」というものがカッコよく見えていた。私が思春期を過ごした90〜2000年代というのは、なんちゅうか、健全でヘルシーなものを唯一の是とする世の中への反抗として〝病んでる〟アティチュードがカッコよかった時代であった（今の若者文化にもそういうのはあると思うが）。正直今もその価値観が完全に抜けきれていない。だが肉体が41歳になったいま、いよいよその幻想を頭の中から削ぎ落とす必要が出てきたことを感じている。「ちょうどいい、カッコいい〝病み〟」なんてないのだ。中学生の頃に憧れていた、煙草の吸殻と酒の空き瓶とまずいコーヒーに囲まれ昼夜逆転生活をする不摂生な売れない小説家というやつに見事なりおおせたが、なってみると、単純に体調が悪くて日常生活がつらいのだ。頻繁に胃腸薬を飲み、お守りのように葛根湯を持ち歩き、痔の薬を冷蔵庫に保管しながら、「これ、別に、カッコよくねえな……」ということにやっと気が付いた。遅い。健康こそが善みたいな優生思想的価値観に抗うのは正しいのだが、そこで不健康をおもちゃにするのも違う。カッコよくくたびれるためにも、身体に気を使おうと決意した。

そこで、まずはなぜこんなにも運動・スポーツが嫌いなのかという根本的なところを見つめ直すことにした。答えはすぐに行き当たった。それは私が日本で学校に通っていたからである。学校の体育。それも、義務教育の中での体育。

仏教においては地獄には等活・黒縄・衆合・叫喚・大叫喚・焦熱・大焦熱・阿鼻の八大地獄があるとされているがこれは誤りで、ここに「小学校の体育」を含めた九大地獄が真の地獄である。私は元・登校拒否児で小学校は半分も通っていないのだが、その原因のひとつに体育があったことは間違いない（あまりに辛い記憶なのでもう曖昧になっている）。覚えているのは、教師や級友たちによってたかって責められ嘲笑された記憶だけである。特にバレーやドッジボールなどのチームプレイがだめだった。その場での私は生きる罪悪、穢れそのものの扱いだった。チームプレイを乱したりチームの敗北の原因になった人間は陰湿に罵倒され続けた。でも、できねーもんはできねーのだ。しょうがないだろうがよ。私だけでなく、こういう経験をした人は数多くいると思う。部活も含め、学校教育の中での運動って、児童の尊厳をどれだけうまくはぎ取れるかという計算でもってプログラムされていたような気がしてならない。30年以上前のことなのに、当時のことを思い出そうとしただけで具合が悪くなってしまった。

こんな状態ではやっぱり運動なんかできない。泣きながら思ったが、そこでふっとお釈迦様の蜘蛛の糸のような言葉が頭に降ってきた。

「ここはもう小学校ではないし、お前はひとりで運動できる。だってお前はもう大人なんだから」

そうだ、私はもう小学校は卒業していた。歳を取ることで得た最高のひとつが、もう教室に行かなくていいことだということを忘れていた。授業や行事というくびきから解き放たれた孤独な運動なら、自分もやることができるかもしれない。ということでさっそくエアロバイクの安いやつを購入したんですけど、正直あまり真面目には乗っていない。めんどくさいんですよね。やっぱり私は根本的にただひたすら運動が嫌いな人間なのかもしれない。とりあえずはコーヒーをデカフェにするところから健康生活を始めたいと思うのでした。

食と大人

人生トータルで15年くらい一人暮らしをしており、まあまあ自炊をする。といってもそんなに凝ったものは作らない（作れない）。その日冷蔵庫に入っているものを使って、何らかの何らか炒めや、何らかのスープや鍋物等を作って適当に済ませている。実家にいるときもけっこう料理してたし、厨房系のアルバイトもいくつか経験しているので、調理の腕前は並程度はあると思う。得意料理はおでん、生姜焼き、茄子の煮浸し、クレープなどなど。味や食材の好き嫌いも少なく、食べることそのものが好きで、胃腸もわりと丈夫だから辛いものも酸っぱいものもモリモリ食べる。揚げ物や肉料理も大好き。外食ももちろん好きだし、居酒屋通いが趣味のひとつで、ボトルを入れてる店は近所に4軒くらいある。今までそんな自由気ままな食生活をおくってきた。

で、現在はどういう食生活をしているかというと、「あすけん」（スマートフォン用食生活記録アプリ）にコーヒーの一杯までを記録して、なんとか一日の摂取を1600キロカロリー以内におさめんとハラハラドキドキしている。食生活が目方でドン状態（若い人は知らんぞ）。ちょくちょく書いてますが長年のテキトー生活が祟って肉体がプチ壊れてまして、ブッ壊れる前になんとか修繕しないといけない緊急事態に陥っているのです。

あすけんは現在の年齢と体重と目標値を登録すると一日に何をどれくらい食べていいか示してくれるのだが、これがもうびっくりするほど簡単にバーストする。朝にパンと卵とバナナとカフェオレ飲んで、お昼は近所の喫茶店でランチセットでもいてこますか、そんでちょっと休憩がてらいただきもののクッキーでも食べるか、とかやってると、とくに暴食もしてないのに午後3時の時点でその日摂っていいカロリーをやすやすとオーバーしよる。ここでぐっと我慢して次の日の朝まで白湯を飲んで過ごすか、見なかったことにして夕飯を普通に食って未来（あすけんアプリ内に住まうキャラクター。通称あすけんの女）を泣かせるかの選択を迫られる。フルで一食は無理でもはるさめスープくらいならなんとか許してもらえんか？　冷奴とかもだめっすかね？　未来の顔色をうかがいながら夜半に冷蔵庫を開けたり閉めたりする私。まるで電撃イライラ棒状態だ（若い人は知らんぞ）。

いうてね、よく食べるほうではあるけど野菜も大好きだし甘いものはそんなに食べないし、わりとヘルシー寄りの食生活おくってるほうじゃない？　って自認してたんですよ。しかしその思い込みに四十路の肉体からＮＯのアンサーをもらってしまったわけで……。お医者さんにも「そんなに外食はしなくて、ほぼ自炊派なんスけど」って言ったんだけど「料理できる人は自分のお好きなものを好きなだけ好きな味で作っちゃいますからねえ」と返され、それはそう……ってなってしまった。実際、カロリーとか塩分とかなんも考えないで好きに食べてる日の記録を正直につけると恐ろしい数字が叩き出されたりして、これを長年続けてたらそりゃ具合も悪くなりますねと納得&反省。

しこうして管理栄養士さんと面談するはこびとなり、普段何をどれくらい食ってるかつまびらかにし、結果まず「塩分減らせ」との厳命を受けた。しかしこれがきびしい。本当にきびしい。手前生国と発しまするは東京生まれの栃木育ち、うどんのつゆは真っ黒だし漬物に醤油ｏｒ味の素をかける文化圏の人間だ。しかも辛党。塩辛と焼酎があれば一日にこにこしているお塩の国のひとなのだ。蕗味噌で延々と日本酒が飲めるタイプの中年なのだ。つらい。甘味や糖質制限はまだいい。塩。塩だけはなんとか。

しょうがないので調味料を減塩のやつに総とっかえしてなんとかしのいでるんですが、最近は「減塩の塩」という禅問答みたいな商品もあったりして、この分野も発展めざましい。あと昔味見した減塩ポン酢とかかなりマズかった記憶があるけど、今のはちゃんと美味しい。やっぱり食事療法といえど美味しいのはだいじよね。マズいのは続かないもん。外食でも塩分に気をつけるようになったし、そしたらだいぶムクミとかも取れてきたのよ。というような話を先日友達として、これは完全に大人、いやおばはんの会話だわ……としみじみしてしまった。

子供のころ、法事とか大人が大勢集まる場に行くと、みんながみんな9割くらい病気と健康の話をしているのが謎でしょうがなかった。もっと話すべきこと、好きな小説や映画のこととか、人はどこから来てどこへ行くのかとか、そういうだいじなことをなんで大人は話さないのか？　と思っていた。実際年くってみると、健康の話が妙にしたくなるというか、持ちネタが増えてくるのに気がついた。しかも同世代と会話すると向こうもだいたい似たようなネタを持っているから話が弾む。同じくらい不摂生な生活してる飲み仲間とやる血圧デュエルや睡眠時間バトル、飲んでる青汁やヤクルトの種類レコメンドなどがやたら楽しい。そうか、あのおばはんもあのおっさんも、楽しいからえんえんと健康の話をしてたんだな……という〝気付き〟を得た。ハマってるゲームや漫画と同じ位置に「肉体」が存在している。それはまるで西部劇で歴戦のガンマンが愛用の古い銃について思い出を語っているような雰囲気だ。時間を共にすればするほど、ボロも出てくるしアラも見えてくる。しかし苦楽を共にした相棒だ。ボロければボロいほど変な愛着も湧いてくる。

そういうわけで最近同年代との話題でアツいのが健康レシピの話。自炊派のやつはみんな何がしか必殺レシピをひとつふたつ持ってるもので、そういう「胃弱のときに食べるやつ」とか「風邪ひいたときに作るやつ」の話を聞くのがことのほか楽しい。土地柄もあったりして、想像もしなかったレシピを知ることも多い。

当たり前だけど人間、食ったものが血肉になって肉体を運営しているので、寿命を延ばすつもりなら（個人的には70代くらいまでは生きたい。書きたい本がまだけっこうあるので）食い物には気をつけないといけないんだなという事実を、最近やっと身にしみて理解できるようになってきた。栄養士さんとあすけんの女と肩を組みながら、もはや大盛りや食べ放題が嬉しくなくなった疲れた内臓をいたわっていこうと思う。

お酒と大人

お酒が好きだ。といっても毎日がんがん飲むタイプではなく、現在はせいぜい週に1日か2日、飲んだり飲まなかったりというおとなしい酒飲みである。芋焼酎が好きだけど、一升の黒霧島を空けるのに2ヶ月くらいかかる。外に飲みに行くこともあるけど、それも打ち合わせや付き合い含めて月1〜2回くらいで、ちゃんと電車でしゃっきり帰れる範囲でしか酔っ払わない。酒に強いか弱いかでいうと、強いほう寄りではあると思う。でも自分の肝臓を過信せず、適度にヘパリーゼとかウコンの力を投入し、水もいっぱい飲む。飲むときはちゃんと肴も頼んで、空きっ腹にアルコールは入れないように気をつけている。ちゃんぽんもなるべくしない。まあ、健康を害さない程度の、常識的な範疇の飲み方だと思う。しかしここに辿り着くまでには、悲惨な歴史の積み重ねがあった。

恥を忍んで言うが、これまでの人生の半分近く、けっこう飲みまくっていた。酒の失敗話は売るほどある。まあまあ笑えるものから墓場まで持ってくつもりのものまでいろいろだ。いくつかピックアップしておもしろおかしく書けば、それだけで文字数が埋まり今週のノルマが達成すると思うけど、ここに具体的なことは書かない。

昔からエッセイが好きで、著者の破天荒な酒飲みエピソードが書かれているものもたくさん読んだ。私はそのメチャクチャな話をごく若いころから楽しんで、そしてどこかで憧れていた。それに気付いたので、もうなるべく自分の飲酒ネタの具体的な話を書くのは控えようと思っている。どんなばかばかしいエピソードでも、いやそれがバカであればバカであるほど、そういう荒れた飲酒に憧れを持つ人をわずかでも生み出してしまう可能性がある。それをしたくない。酒を飲んでしっちゃかめっちゃかになるのは、自分にとっても他人にとっても（ほんとに）決してよいことではないから、書かない。

私は若いころお酒と処方薬を濫用していた時期があり、それについて後悔しており、いま生きているのはたまたま運が良かっただけという事実だけを告白したい。直接の因果関係は分からないけど、上記のような生活を数年して以来記憶力がものすごく落ちた。今も何でもメモとかで物理的に残しておかないとどんどん忘れてしまう。シンプルに不便だ。41でこれなら、10年、20年後はどうなるのかなと恐ろしくも思っている。今のところ自覚症状はないけど、他にもいろいろダメージは食らってると思う。20年ほど通っている、池袋某所の最も信頼しているバーのマスターは、酒飲み一年生の時期の私に「酒はドラッグやからね」と何度も釘を刺してくれた。今になってやっとその忠告が沁みている。

国内外の本、フィクション、ノンフィクション問わずあれこれ読んでいると、「日本は酒が手に入りやすすぎる」という指摘を散見する。公道での飲酒を禁じている国や都市もあるし、お酒を買うハードルが高く特に未成年が手を出しづらいシステムになっているところもある。それに比べると、確かに、日本はお酒が入手しやすい。最近は減ったけど自販機で売ってるし、コンビニで24時間入手できるし、年齢確認や身分証の提示も、見た目が成人に見えればほぼされない。私なんぞ12歳くらいで今の身長と顔とふてぶてしさが完成してしまったので、未成年のうちからどこで飲んでもどこで買っても咎められることすらなかった（言うまでもないけど良い子も悪い子も普通の子もまねをしてはいけません）。

かててくわえて、日本は社会全体がよっぱらいの所行になんとなく寛容だ。大の大人が酔っ払って醜態を晒しても、そりゃ推奨や称賛こそされないが、「まあよくあることだよね」「憂さが溜まってたんだろうなあ」と同情のまなざしを向けられることすらある。普段カッチカチの社会規範にハメられて過ごしがちなことの反転なのか、酒を飲んだら何を言っても何をしてもノーカン、無礼講という名の下に人としてのリミッターすら外してしまう人もいる。それで財布落としたとかドブにはまった程度で済めばいいが、性犯罪をおかしたり自分の命を危険に晒したりすることもある。

日本社会のお家芸的に扱われている「本音と建前」というフレーズ、しかし実際のところ、うちらはこのツールをぜんぜん使いこなせてないのでは？　と思う。特に酒に関しては。腹を割って話そうと言っては酒を飲み、酒の席でのことだからとその割った腹の中身をあいまいにしてしまう。酒が入らなきゃ話せないことは話さないほうがいいし、酒が入っててもやっちゃダメなことはやっちゃダメだ。酒は文字通り、大人の飲み物で、酒で極端にコントロールを失ってしまう人は飲んじゃいけない。大酒飲みだったころの私は「酒が悪いんじゃない、私が悪いんだ」と言いながらへらへらしていたが、酒飲みのそういう言い訳もまことにダサいし痛い。かっこつけてるつもりなのか？（つもりでした）

昔に比べれば、「酒が飲めないやつは半人前」みたいな価値観も減ったと思う。仕事の付き合いで酒が必須という業界はまだあるだろうけど、それも徐々に過去の遺物になっていくだろう。私の周囲にも酒が飲めない・弱い人が大勢いる。というか、本来ヒトのデフォルトってそれくらいのラインなんじゃないだろうか。あんな刺激の強いものを嗜好してばかすか飲める個体のほうがイレギュラーだ。飲み過ぎるともちろん身体に悪いし、あと金もかかる。

余談だけど、日本食って基本的に酒に合わせるようにできてるよね。なので美味しいものを追求すると酒に行き着いてしまうのは分かる。飯の味を殺さない程度にほどよく飲めばよいのだ。フランス料理やイタリア料理も古典的なレシピはワインとセットが前提だ。酒によって発展してきた文化というのは確かにある。でも趣味でカレー

（インド料理）作るのにしばらく凝ってたんですが、酒を必要としないレシピだなあ（料理にもほぼ酒を使わない）ということに気付いて面白かった。酒なしでも文化は回る。

最近の若いもんの間では「しらふでいるほうがクール」という価値観もあるらしい。立派だ。見習いたい。けど、「ダサくていいから酩酊させてくれ」という自分もいる。前に一切酒を飲まない父に「どうしてお酒なんか飲むの」というハイパーシンプルな質問をされたことがあるのだが、酒を酔うまで飲むやつは、失いたいんだと思う。自分を。もちろん、褒められることではない。いつか私もこのライナスの毛布のような酒瓶と決別することができるのだろうか。酒を飲まずに生きていけるようになった時こそ、ほんとうに成人を迎えた気分になれる気がする。

2章

変わりたいと
思っちゃいるけど

仕事と大人

私は自営業家庭で生まれ育ち、自らも個人事業主をしている。現在に至るまで、アルバイトは飽きるほどしたが正社員として雇用された経験は一度もない。生まれてこのかた定収入というやつにとことん縁がなく、いまだに半年先の自分の財布がどうなってるのかも皆目検討がつかない。それが「ふつうのこと」でずっと来てしまったので、収入が不安定なことに対して良くも悪くも危機感がない。小説家という半分バクチ打ちみたいな仕事をするにあたって、精神的にはわりと向いているタイプだと思う(あくまで精神的に)。

かようにフラフラとした経済活動をしている身ですが、一応むかしの夢は「東京で会社員になること」だった。今思うと反抗期の一種で、どこまでも自由過ぎる自然派ボヘミアンの両親に反発し、かれらの対極にあるようなアーバンでカタギな勤め人になろうともがいたのだ。しかし不況は終わらないし高卒だし職歴が穴だらけだし、いくつ面接を受けても正社員どころか契約社員雇用も摑むことができなかった。そのうえなんとかバイトや派遣社員として一般企業に勤めても、ほとんどの職場や業務に馴染むことができず、一年以上同じ会社に在籍することもできなかった。落ち込む私に母は「あんた、もうそんな会社員になるなんて夢みたいなこと言ってないで、諦めて地に足つけてコツコツ真面目に芸術をやんなさい」と諭してきたのだった。

非常に悔しいのだが、結果的にママンの言う通り、都会の会社員という夢を諦めて真面目に芸術をやりはじめてやっと、滞りなく家賃と光熱費が払えるようになった。このテの仕事は「夢を追いかけて努力して摑み取ったんですよね？」とキラキラした文脈で表現されることが多い。確かに夢のひとつではあったしそれなりに努力もしたけど、「自分がやれる中で一番ましな食いぶち」として消去法で選んだ側面もある。そういう人もいる。他の仕事をやり遂げる能力が、私にはほとんどないっぽいのだ。もし今以上に売れなくなったら……と考えるとぞっとするが、とりあえず今日明日の飯が食えてるうちはこの商売で頑張るしかない。

仕事に対する考え方やスタンスは人それぞれだが、ざっくり分けると「仕事は苦役である」「仕事は権利である」「仕事は義務である」のどれかになると思う。労働に対する姿勢ってイデオロギーにも関わってくるのでどれが正解というものではないんだけど、どのスタンスであれみんな生きるためにそれをしているのは間違いない。仕事というとまず他者から報酬を受け取って行う賃労働が真っ先に頭に浮かぶが、賃金の介在しない家庭内での家事育児事務etc.も立派な仕事だし、ていうか生きるためにやる活動のほとんど全部仕事じゃないすか？　と思う。今やっている仕事（賃労働）は権利&義務って感じだが、苦役としか思えない仕事をしていた時期もある。この先また苦役に戻る可能性もある。私が小説で書くのも、苦役や義務として仕事をしている人の話が多い。自分が苦しかった時期や、そこで出会った人たち、起こった物事が忘れられないからだ。

今、書店に行けば平台には自己啓発系ビジネス書が山と積まれている。You

Tubeにもそういう本を動画にしたようなやつがデカ文字サムネイルでどんどんアップされている。仕事が苦しいなんてそんなの考え方ひとつだよ！　とか、苦しい仕事からはこうすれば抜けられる、これやらないで苦しいとか言ってる奴はバカ、みたいな言葉が振りまかれている。自分も鬱がひどかった時期は自己啓発書を読み漁って精神の均衡をとっていたのだが、最近はとみに自己責任論に基づいたビジネス自己啓発が増えたよなあと思う。単純に、優しくない、そういうのは。苦しんでいる人間を「正解」のふりしていじめる悪しき自己啓発コンテンツは嫌いだ。人は停滞するし間違えるし、わかっちゃいるけどやめられない瞬間が人生には何度も起きる。選択したとも思わないうちに選択していることもあるし、そのことに後から気付くことなんてザラにあるでしょ。私はいっぱいあった。これからもあるはず。そういうままならなさを全部「自己責任」にまとめてしまうの、人間らしさの否定だと感じる。

大人として仕事、特に賃労働にどう向き合うかという話は、フレッシャーズの季節である四月、五月にあちこちで目にするようになる。まあだいたい、先の自己責任系か、そっすよねーとしか言いようのない、当たり障りのない「まっとう」な言葉に溢れている。そうなんすよ、仰る通りなんすよ、分かるんすよ、と思いながらその「まっとう」に到達できなかった（今もしていない）身として、そういう言葉たちが不器用な若者を苦しめていないといいなあと思う。

先日他社の担当編集氏と世間話をしていたら（このパターンが多いが日ごろ担当編集者諸氏以外とほとんど会話をしていないので許してほしい）「今の若い子は新卒の時点で積立とか財テクとかすごく勉強している」という話になり、しっかりしてるな……と世知辛いな……という気持ちが両方湧き起こった。何もかも不況が、つまり政治が悪いんですけど、とにかく現代日本は一回間違ってしまうと〝詰み〟という空気が蔓延している。実際、ドロップアウトからの復帰が難しい、貧しい社会だと思う。

初手からコースアウトしているような41年を歩んでいる身として、失敗しても大丈夫だよ……と言うのは、簡単だ。私が大丈夫だったのは、ちょっと要領と運が良かったからだ。生存バイアスというやつである。私が若くヤバかったとき、大人にどうしてほしかったか考えたが、少なくとも「オレを見てみろ、大丈夫だって！」なんて無責任な言葉をかけてほしいわけじゃなかったことだけは確かだ。強いて言うなら、この世にはどんな選択肢があるのか、それだけ教えてほしかった。

仕事は、なくても辛いしあっても辛い。苦役しか選べない、選択肢が極端に少ないときもある。そして自分が選べる選択肢が全て見える場合というのも、稀である。選択肢を教えてくれそうな人、身近に頼る人がいない場合もある。そういうときにはどうすればいいいか。行政だ。行政に駆け込むのだ。頼りにならない国だが、それでも行政を使い倒すのはここで暮らす人間全ての権利だ。一人じゃどう駆け込んだらいいか分からないという場合は、サポートしてくれるＮＰＯ法人なども各地にあるので検索しよう。そうして今日一日を生き延びよう。

生きることとは仕事だ。と考えると、味気ないと同時に、仕事ならしょうがねえな、やる気ねえけど生きるしかねっかという気持ちにもなる。ここしばらくは自分にそう言い聞かせている。今日もよく働いた。

休暇と大人

編集者からのメールやＬＩＮＥに「ご存じかとは思いますが……」という枕詞が付く悲しみの季節。ゴールデンウィーク進行が来た。簡単に説明すると、長期休暇の期間は印刷会社をはじめもろもろの一般企業もお休みになるので、その前に原稿を全部よこせという恐ろしいデスマーチである。つまり普段より〆切が早くなる。それだけならまだいいが（よくないけど!!!）中には「ゴールデンウィーク明けまでによろしくお願いします」という鬼のような案件もある。ＧＷ中出版社が休暇をとっている間にミッチリ仕事をしろという意味だ。そういう案件が来ると思わずパソコンの前で両手両足を大きく広げて「威嚇のポーズ」をしてしまうが、普段〆切を破りまくっているカス作家なので何も文句は言えない。しこうして、人が働いているときにダラダラし、人が遊んでいるときに死んだ眼で働くというサイクルが出来上がって十余年。すっかり休暇との付き合い方が分からなくなってしまった。

カレンダー通りに休みがある仕事をしていた時期は、休暇というものは明白で、確かにそこにあるという実感があった。金曜の夜が待ち遠しく、日曜の午後から憂鬱になる。祝日は嬉しいし連休になっていればもっと嬉しい。そして友達とも予定を合わせやすい。しかし現在は24時間365日、起きている間は生活と仕事がヌル〜〜ッと混ざり合っているような曖昧な状態で、作業が終わりゃ休むし、終わんなきゃ数週間は余裕で部屋にこもりっきりになっている。メリハリがない。たまに友達に誘ってもらっていそいそお出かけするのが楽しみだったが、感染症問題でそれもめったなことになってしまった。そうなるとたまの休みも普段通り一人で過ごすことが圧倒的に多くなるのだが、そこでも悪い意味でダラダラしてしまって「充実した休日」というやつを過ごすことができない。

夕方くらいまで仕事して、納品終わってさあ寝る時間まで好きに使えるぞみたいな場合はいい。飲みに行くか自分ちで飲むかして、配信で映画でも観て風呂入って寝れば大贅沢だ。問題は、本当に予定が朝から何も入っていない日が数日ある場合。年に数回もないが、そういうときが正直かなり困る。たいていは映画館に行ったりしてなんとなく予定を埋めるのだが、観たい映画がないときなんかは途方に暮れてしまうのだ。ちょっといいカフェとか飲み屋に行ってラグジュアリーな時間を過ごすか……と思って実行するも、行き慣れない店だとどうしてもソワソワ緊張してしまうし、じゃ自分ちでゆっくり過ごすかとなると、普段ほったらかしにしまくっている網戸の汚れとか風呂場のカビなんかが急に気になって、チマチマ掃除して一日が終わってしまったりする。気合を入れてベランダに椅子を出して酒を用意して「何もしない」をするぞ！　と決意しても、ぼんやりすればするほど頭の中に次の仕事のスケジュールとかプロットとかがふわふわ浮いてきて、ぜんぜんリラックスできなくなる。

京極夏彦先生の京極堂シリーズのどれかに、旅行かなんかに行った関口くんが一生懸命休もう休もうとするのにうまくいかず、通りかかった京極堂に「アンタいま頑張ってリラックスしようとしてるでしょ（笑）」と見透かされる（こんなラフなセリフではないが）シーンがあった記憶があるが、あれを読んだときにはドキッとした。私もまさにアレだからだ。休むのが下手な人。のろまとせっかちが脳内で同居していて、腰が重いんだけどちょっとのスキマ時間でも何か余計なことを考えずにはいられず、頭の中がずーっとうるさい。かといってワーカホリックだったり仕事が大大大好きというわけでもない。オンとオフを切り替えるのが下手なんだな、たぶん。

遊ぶときは遊んで働くときは働く！　みたいな、切り替えがしっかりできる人って人生が上手なイメージがある。大人っぽい。判断力とかも高そうだし。実際そうやって遊びも仕事もそのときそのときで集中してやったほうが効率もいいしストレスも溜まらないだろう。注意力が散漫で集中力がないと、仕事はもちろん遊びにも悪影響が出る……。わかっちゃいるんですけどなかなかキッチリ切り替えることができない。

そもそも、決断→行動にかかる時間が長い。毎日のことでも、「風呂に入ろう」と決めてから実際に風呂に入るまでウダウダと3〜4時間くらいかかってしまうので、最近は午後6時くらいになったら「風呂に入るぞ」と考え始めて10時に入る、みたいな〝前倒し〟をしている。遊びや休暇の計画もこの塩梅で、朝起きて「今日はお出かけしてみようかな……」とか考え始めてもケツが動くのは午後遅くとかになる。となると少なくとも前日には休暇のスケジュールをきっちり立てておかないと、絶対にこなすことができない。気ままに無計画に休暇をエンジョイする、みたいな行動に憧れるんだけど、あれはパパッと物事を決めてパパッと動ける人がやることなんだな。今日は積んでる本を読むかと思ったはいいが、本棚の前でどれを読むか悩んでるだけで数十分経ってしまうような優柔不断人間には、かろやかな休日は縁遠いのか。

なんだかそういうフットワークの重い自分が嫌になってきたので、実は次の休みは無軌道な休暇をとろうかなと思っている。具体的には、自分ちの一番近くのバス停に行って、一番最初にやってきたバスに乗って一番遠くまで行くのだ。ゆうて都内をグルグルしてるバスだからたいして遠くには行かないだろうが、とにかく知らない街に行ってみたいのだ。知らない街で、ふらふら歩いて、できたら喫茶店か定食屋でなんか食べて、またフラフラして、誰とも喋らないで一日過ごして、またバスに乗って家に帰ってきたい。そんなにお金もかからんだろうし、降り立った場所によってはビジホかなんかに一泊してもいい。想像するだけで楽しい。長い散歩みたいな小旅行だ。でもたぶん、その間も私はうまく「ぼんやり」できないんだろうな。きっと別に今考えなくてもいいこと（ゴールデンカムイの最終回とか原付免許とか仕事のこととか仕事のこと）をえんえんと脳内でこねまわしながら、またイマイチ納得できない休日を過ごすに違いない。一度でいいから、何の心配事もやらなきゃいけないこともない状態で休暇を楽しんでみたい。何もしないで、ほんっとうに何もしないで、ラグジュアリーな大人のバカンスを楽しんでみたい。温泉旅行とまでは言わん。隣町のスーパー銭湯だっていいよ。

ってことはだよ、とどのつまり大人の休暇にはちょっぴりのお金と、そして心の余裕が必要で、そのためにはあらかじめ部屋をきちんと片付けて仕事をちゃんと納期通りに納品することが一番大切なことなのでは？　ということに思い至り、なんか落ち込んだ気分になったのでこの原稿もここまでにしてお酒を飲んで寝ることにします。あー、休みたーい。

格好と大人

「当店のご予約の際には顔写真付きの身分証明証のご提出をお願いしております。何卒ご了承のほどお願いいたします」という丁寧なメールを見ながら、まいったなーと溜息をついてしまった。何のご予約をしようとしたかというと、タトゥースタジオである。私の腕には20代のころ若気の至りで自分で入れたへなちょこなタトゥーが入っているのだが、これをいいかげんプロの手できれいにリニューアルしたいとずっと思っていたのだ。いろいろ考えて入れたい柄も決まったし、近場にいい感じのスタジオも見つけたしサクッと入れちゃうかと思ってメールフォームでお問い合わせしたら上記の通りになっちゃったのだった。健康保険証しかないんすよね、身分証。仕方ないので近日中に原付免許を取りに行く予定です（マイナンバーカードなんか絶対作らねえぞ）。

外観、アウトフィットというのは、他人に「大人げ」を判断されるビビッドなポイントだと思う。その観点でみると、自分はそうとう大人げがない。普段はだいたいラーメンマンみたいな髪型（色は赤紫）に10個以上のピアス、タトゥー、服はアロハやスカジャンにサンダル履きかｖａｎｓの派手なスリッポンがメインという大学に行かない大学生みたいなスタイルをしているのだが、かといってべつに若く見えるタイプなわけでもなく、「なんかよくわからないひと」として都市生活に溶け込んでいる。溶け込めてるのか？　とにかくずっと終わらない夏休みみたいな格好で生活している。自分で選んだ好きなファッションだけど、たまに「いつまでもこんなカッコしてていいんかな……？」という疑問が浮かんでこないこともない。あまりにうさんくささ丸出しスタイルなので、引っ越し物件を探すときは通販で買った地味スーツと阿佐ヶ谷姉妹みたいなカツラでカタギに「変装」して不動産屋を回ったくらいだ。

シックで大人っぽいファッションスタイルを身に付けたいという気持ちと、服装に「年甲斐」なんてちゃんちゃらおかしいぜという気持ちが両方ある。さすがに葬式と結婚式くらいはソレっぽい格好を心がけているが、心のままに服を選ぶとどうしても

「大人げ」から遠ざかってしまう。かててくわえて、自分はオタクである。オタクというのは、そのときそのときハマっているものに関係したファッションアイテムを取り入れたがってしまう生き物だ。ゴシックっぽい要素のある作品にハマっていればGOTHになるし、サイバーパンク系にハマればあらゆる持ち物が七色に光りだすし、公式から出るキャラクターグッズやアパレル商品を買って身につけたくてしょうがなくなる。可処分所得があるオタクはその欲望に歯止めをかけることができない。

あと作品によっては推しキャラにイメージカラーがあることがあり、そうなると爪を推しカラーに塗ったりとか、今までひとつも持ってなかったような色のカバンとか小物がどんどん増えていき、それを人生の中で幾度も繰り返していくうちに手持ちのワードローブやアクセサリーや小物のテイスト・色がバラッバラになって収拾がつかなくなっていくのだ。今の私は主に二つの作品の2組のカップリングにハマっているので、紫と赤、蛍光グリーンとイエローの組み合わせがインテリアや小物類を侵食している。もちろん昔ハマった作品のそういうグッズもとっといてあるので、どんどん統一感が失われていく。たぶん全部集めたら色相環が作れる。

昔（20〜30年くらい前の昔を指しています）はオタク・グッズはわりとこそこそ、もしくは開き直って使う雰囲気だったが、今はみんなフツーにアクキーとかぬいとか缶バッヂをバッグにくっつけてそのへんを歩いている。オタク趣味は確実にカジュアル化したし、オタク人口も割合として増えたと思う。オタと非オタの境界線もだいぶ曖昧になった。つまり、オタク・グッズを身につけて外に出るとそれが「わかる」人が増えたということでもある。オタクを取り巻く文化、空気が変わったことは上記の通り認識しているのだが、それでもいにしえの記憶が若干の「恥ずかしさ」を喚起してしまって堂々とオタグッズを持ち歩けない。キーホルダーくらいならなんとか……。でも最近のグッズ類ほんとおしゃれになったよね……ジャンルにもよるけど。

大の大人がぬいぐるみやキャラクターグッズを身につけて歩いても後ろ指さされなくなったのは、ほんとにいい時代になったと思う。大人ならこれこれこういうスタイルのあのブランドのこれを持ってないと、みたいな、知らないうちに決まってたらしい〝ルール〟を常識のように掲げるファッション記事も以前ほどは目にしなくなった（今でも『東京カレンダー』界隈にその文化は残ってるのかもしれないが）（あと日本が全体的にビンボーになってそんなこと言ってられなくなったという哀しい事情もあろう）。私のファッションも大人げはないけど、大都会メガロポリスＴＯＫＹＯで暮らしてるぶんにはとくに非難されたりはしない。自由だ。自由なのはいいことだ。分かってる。しかしこの自由さに、実は私の心の一部は、不安を感じてもいる。

この連載のタイトルにもあるように、私は40過ぎだが大人になりたい。自分が大人になったと納得したい。誰かから大人だねと言われたい。いま、大人のゴールは蜃気楼のように揺らいでいて、ほんとうにそんなものがあるのかどうかも分からないし、摑んだと思えば逃げられてしまう。だから惑っている。惑うのは、楽しいときもあるけど疲れるときもある。いや、だいたい疲れる。「大人はこういうものですよ」というモデルがあったら、誰かが何かを指し示してくれたら、具体的な目標があったら気が楽なのになと思う。こともある。正直なところ。「何をしても自由ですよ」というのはつまり、何もかも自分で選択して決めなきゃいけないということだ。めんどくさいし、やってらんねえと思うときもある。
だが。だがしかし。なぜかは分からないが、それじゃダメだと私のソウル〜魂〜が叫んでいる。それじゃダメなんだ。めんどくさくてやってらんねえし正解がいつまで経っても見えないけど、どういう大人になるのかだけは、自分で探して選んで決めなきゃいけないんだ。ファッションセンスも含めて。魂の叫びなので根拠および参考文献やエビデンスはない。そして今日も私は宇宙空間に子猫が何十匹も浮かんでいる柄の上着をひっかけて深夜のコンビニに行き、煙草とガリガリ君を買って帰る。

住まいと大人

キミは「完成していない家」に住んだことはあるか。私はある。実家がそういう家だったからだ。ていうか、今もそう。実家ヒストリーを語ると長くなってしまうので詳しい事情ははしょるが、文字通り、床とか壁とか窓とか配線とかドアが一部ない未完成の家に一家3人で暮らしていた。慣れてしまえばたいした不便もないのだが、そんな状況に慣れる機会というのも普通はなかなかないだろう。

どういう星回りなのか、昔からなぜか変な家にばかり住んできた。間取りが異様で住みにくい借家（後に元はどっかの金持ちが愛人を囲いギャンブルをするために建てた隠れ家と判明）、セルフビルドなのはいいんだけど永遠に完成しないログハウス（現・実家）、ホラー映画の舞台になりそうな廊下が歪んでる古くてボロボロの築50年オーバーの学生寮、留置所より狭くて暗くて汚いトイレ共同シェアハウス、窓を開けると隣んちの風呂場の窓が真正面にあり自動的にのぞき犯みたいになってしまうアパートなどなど、珍妙な物件でずっと生活してきた。

所謂ふつうの部屋、窓と壁と鍵のかかるドアと床と天井と個人用のバス・水洗トイレがある部屋で暮らした経験は、今住んでる部屋とその前の部屋だけ（つまりここ十数年くらい）である。今の部屋なんてなんとバス・トイレ別で追い焚き機能付きである。お大尽か？　風呂に入るたびに「出世した……」としみじみしてしまう。独立した清潔なお風呂、本当に快適。素晴らしい。もうこれを手放したくない。

30過ぎてから周囲の年上の友人知人からちょくちょく聞くようになったフレーズに「アラフォーになってユニットバス生活はキツい」というのがある。単身向けの安い賃貸住宅のほとんどが風呂トイレ洗面台が一体になった所謂3点式ユニットバスだと思うけど、その設備で暮らしているとだんだん身体がしんどくなってくるのだという。これはね、マジでそうなんすよ。ユニットバスって基本的に毎日ゆっくりお湯に浸かる想定の作りではない。そして中年は湯に浸かりたいのだ……。銭湯の数も減ってきた今、自分ちで毎日湯船に浸かるくらいの贅沢はしたい。シャワーだけで済ます日が続くと、昔と比べて明らかに疲れが取れにくくなっているのが分かる。でも日本の住宅事情だと都市部でお風呂環境にこだわるといきなり家賃がハネ上がるのよね……。

とにかく一人暮らし、それも東京で暮らすというのはお金がかかる。なんてったって家賃が高い。今の私の住んでる部屋だって都内相場よりはだいぶ安いが、それこそ北関東の地元なら小さい一軒家くらいは借りられてしまうだろう。それでも私は東京に住むことにこだわり続けている。歩いて埼玉県に行けるくらい（そしてそっちのほうが格段に家賃が安くてなんなら利便性も高い）の東京の端っこでも、意地で都内に住んでいる。そう、意地である。

東京で暮らす、ということの文脈は、その人の出身地、世代、家庭環境、ジェンダー等によって大きく違ってくると思う。自分は80年代に東京で生まれたが、生後すぐに北関東の山奥に引っ越し、18までそこで過ごした。オフィシャルのプロフィールには東京都出身と書いていて、ウソではないが所謂「東京出身者」でもない。かと言って実家のある場所を出身地として書くのも戸惑いがある。18年プラスアルファ暮らしていても、いっこうにその土地に馴染めなかったから。緑あふれる豊かな自然に囲まれた子供時代、物心ついてから常に「将来は絶対に東京で生活する」と決めていた。「ここは私の居場所じゃない」と強く感じていた。その土地には何の地縁血縁もなく、私（たち一家）はアウトサイダー扱いされていた。物心両面で異様にタフな両親は平気な顔をしていたが、私は脆弱だった。こういう話をすると親が申し訳なさそうにするのが申し訳ないのだが、まあ、しょうがない。こればっかりは。子供は生まれ育つ土地を選べないし、保護者のほうだって子供がどんな人間になるかなんてわかんないで育ててる。この程度の「めぐり合わせの悪さ」はありふれた話だろう。

というわけで18歳になったら速攻で家を出て住民票までマッハで移したのだが、ここで「地元でない場所で暮らしたいならなにも東京でなくても、他の場所でもよかったのでは」とか言うやつは分かっていない。東京であることが大切なのだ。東京でなければ意味がない。この「東京への憧れ」が、たぶん人によって大きく違ってくる部分なのだ。

私にとって東京は本当の出身地、そして大人になれる（はずの）街だった。そこに行けばどんな夢もかなうというガンダーラ的視線を向けていた。なんてったって文化の中心、街中に書店と映画館とライブハウスが溢れるメガロポリスだ。観たかったもの、欲しかったものがすぐ手に届くところにある。そんな街は東京だけだ。少なくとも、山の中でくすぶり、恥ばかりかいてきた18年をリセットし新しい人間に生まれ変わることができると信じていた。もちろん、東京はただの東京だから、そんな魔法を私にはかけてくれなかった（稀にかけてもらえる人もいます）。私を別の誰かにもしてくれなかったし、めざましい成長もさせてくれなかった。

何で読んだか忘れてしまったが、昔「上京ネタというのはクリエイターが切れる一世一代のカード」という文言を見て、これは分かるなと思った。いま、大体のことは事前に調べればある程度の情報が得られ、どうなるかの予想もつけられる。でも、上京だけは調べても何も分からない。自分が東京でどうなるのか、行ってみないと分からない。上京、それは最後のフロンティア。音楽でも小説でもシナリオでも、この一大スペクタクルをクリエイティビティの芯にしている人は多いだろう。

しかしほんとはもうこんな「東京志向」も、じゃっかん古臭いんだろうな。今は地元で文化的に過ごす方法を模索したり、もっとグローバルに海外に目を向ける若者もいっぱいいいるだろう。私は東京しか知らんかった。北関東には近くて遠い東京の輝きだけがキラキラと届いていたから、それだけを羽虫のように追い求めた。

都民税払いたくねえ～と文句を言いながら、これからもたぶん東京に住み続けると思う。東京は18の私を大人にはしてくれなかったし、結局恥も重ね塗りした。それでも私にはここしかない。ここには私が入れる隙間がある。大人になれない40代の、ふらふらした得体の知れない人間をそのまんま放っておいてくれる街は、ここしかないのだ。ここにしがみつくしかないのだ。

お金と大人

吾輩は個人事業主である。法人成りはしてない。従業員および扶養家族はゼロである。ゆえに税金、財務、保険まわりも全て自分が取り仕切り、毎年一人で確定申告をやって一人で提出している。つまり、自分の財政について全て自分で、完璧に把握しているということだ。そういうことになるらしい。そういうことでいいんだよね。そういうことでないとおかしいんだけど、しかし、ぜんぜん分かってない。お金のこと。今口座にいくら入ってるのかくらいしか把握してない。何がどうなってどうやって毎日メシを食っているのか、毎月どれくらい稼いでどれくらい支出してるのか、あんまりよく分からない。98円のバナナを買うのに悩みながら1万円近くするフィギュア(MAFEX／Star Wars The Mandalorian：ディン・ジャリン with グローグー)(私は今ディンさんに夢中)の予約をしている。でもなんとかなるよなと思っている。先のことは先の私がやるので、フィギュア代も未来の私が問題なく払うだろう。たぶん。

41歳。同級生には家を建てたり買ったり車を買い替えたりするやつが出てくる年頃である。そういうなんか住宅ローンの……なんかの話とか、あとアメリカ航空宇宙局みたいな名前の……積立のやつ……あれの話とか……株？ 外貨のなにかをアレするやつとか……ふるさと納税？ 牛肉もらえるやつ？ の話とか……みんななんかしてるけど……既読スルーしている。なんも分からないので。この世には私の知らない学校があり、私以外の人はみんなそこであることを習っている。そうとしか思えない。みんな、どこで身につけてくるの？ そのお金に関する知識……。

知識がないということは、さまざまなことにノーガードということだ。ディフェンスをしない状態で楽に生きていけるほど私が金持ちなのかというとまったくそんなことはなく、生まれてこのかたずっと貧乏である。ていうか、周囲を見ても金を持ってるやつほど、小銭に厳しいし締まり屋である。だから金が貯まるのか。卵が先か鶏が先かみたいな話になるな。

他のことはともかく、お金に関してはちゃんとしないといけないなーとずっと思っている。アリとキリギリスなら確実にキリギリスタイプであり、何かというと「いつ死ぬかわかんないし」をキャッチコピーに己の浪費や収入の少なさを甘やかし、借金と日雇いで綱渡りしながら月を越えたことも一度や二度ではない。こんな生き方を続けていたら遅かれ早かれ立ち行かなくなることは間違いない。でも、なーんの勉強もしてないし対策もしていない。

先日、ほとんど仕事の宣伝アーカイブとしてしか使っていないFacebookの投稿を整理していたら、どうも今年の8月で専業になってちょうど10年が経ったらしい。その前からも兼業でちょぼちょぼ物書きの仕事はしていたのであんまり〝節目〟感はないのだが、さすがに10年も一つの仕事をやっていると、それなりに技術ちゅうか知識ちゅうか、スキルのようなものも鍾乳洞みたいに積み重なっている（はず）。が、しかし、同じくらいのキャリアがあるはずの経理・経済まわりのことは、な〜〜〜〜んも成長していない。

さすがにやばいんではないかとフリーランス向けの経理の本など買って読んでみる（それも「マンガで分かる！」系のやさしいやつ）んだけど、どうしても頭に入らない。

書いてある日本語そのものは理解できるんだけど、それが片っ端から目の粗いザルですくったように頭からこぼれおちていく。学校から離れてだいぶ経ってるので、自分が勉強がぜんっぜんできないタイプだったのを忘れていた。特に数学関係はびっくりするくらい成績が悪くて高校を卒業できたのが奇跡扱い（試験で3点取って追試で0点取ってたりしてた。本当にどうやって卒業したんだ？）されていたのを完全に忘れていた。マズいぞこれは。今さら青くなっても遅い。

こういう場合はどうしたらいいんでしょうね？　と他業種だがフリーランスとしては先輩の知人に相談したら、「その勉強するぶんの時間を使って倍稼いでプロに丸投げしろ」というたいへんタメになるアドバイスをいただいた。それができれば苦労しねえわ！　と思いつつ、道はそれしかないんだろうなとも思う。しかしこういう商売、倍稼ぐっつったってそうなかなかうまくはいかないのも事実。普通の製造業だと生産量を上げたりコストカットをするといいらしいのだが、小説の場合、生産量をアップしても買ってくれるところがないと話にならない。自分は10年のキャリアはあるがその間無冠、無賞、無ヒットの三無い生活で、どうやって食ってるのか編集者にまで訊かれる始末である（自分としてもナゾ）。ただやみくもに書いたって欲しがってくれるところがあるのか分からない。だいたい今の時点でキャパシティ的にはぱっつんぱっつんだ。書くのがむちゃくちゃ遅いのだ。これをなんとかするためにはクローン技術で私を5人くらいに増やして書かせるしか道はない。絶対全員サボろうとして最終的には殺し合いになるだろうからこれも非現実的な対策だ。

じゃあ次はコストカット、つまり「節約する」というのがだいじだろうなと思い、いやいやながら毎月何にお金を使っているのかざっくり洗い出してみた。一番買ってるのは間違いなく本だ。78円の小松菜を買うのは迷いながら4950円の『マンダロリアン 公式アートブック』は秒で買っているし、文庫でも1000円超えがあたりまえの海外ミステリやBLマンガを大量に購入している。小松菜とスター・ウォーズやBLだと人生において重要なのは後者であるのは間違いない。小松菜はもやしで代用できるがディンさんやBLには替えがない。つまり、この支出の見直しは必要ないということだろう。

次に、服と靴をけっこう買っている。ほぼ家から出ないんだからここは問題なく削れるだろう。しかしジョージ・コックスのパイソン柄タッセルローファーがある人生となない人生では、前者のほうがハッピーでカラフルなのは間違いない。私は幸せになるために生きているので、これも間違いなく必要な支出であろう。

次にサブスクを始めとした映画・音楽にかけるお金だ。これはあらためるまでもなく、必要な支出である。なんなら映画関係の連載も始まったし(『文學界』にて毎月「鑑賞する動物」という映画コラムを連載中。よろしくネ)経費だ。

となると最後に残る一番でかくて削りたい支出は「税金」となった。税金、払いたくない。だいたいリターンに比べて高すぎるし払った税金の使い道もヒドすぎる。つまり私の経済状況を健全にするには、国に減税を訴えるのが最も有効な道という結論が導き出された。これで明日から億万長者だ。消費税やめろ。

フィクションと大人

端的に言うと、「見てきたようなウソをつく」仕事である、小説を書くというのは。ただの大ボラではなく「見てきたような」の部分がミソで、ここをもってして人は「リアリティ」だとか「真に迫る」だとかいう評価を下す。どうやったらうまく見てきたようなウソを書くのかというと、一番いいのは実際に「見ちゃう」ことなんだけど、往々にしてそれができない・やりにくい題材も小説は取り扱うので、近いものを見るとか、見たことのある人の話を聞くとか、資料にあたるとか、そういう風にしてホラ話の地盤をかためるのである。実は「想像力」の出番はそこからだ（あくまで私のやり方ではありますが）。

公私共に、フィクションに耽溺しフィクションに生かされている人生である。人間がフィクションという腹の足しにもならないものを愛するから私も飯が食えていて、また、私も他人の作ったフィクションをガンガン消費することで日々の生きがいを得ている。フィクションがなくても人は死にはしないけど、フィクションのない生活は私にとってはあまりに虚しい。

子供のころから本当に「おはなし」の世界が好きだった。絵本やテレビ番組だけでなく、ごっこ遊びやおままごとの類も大好きだった（が、ごく幼少期から友達を作るのが下手なぼっちタイプだったため、一人で何役も演じてソロおままごとにいそしんでいた）。長じて流れるようなスムーズさでオタクになり、二次創作の世界に目覚め、青春のカロリーの大半をそっちの方面に注ぎ込みつつ、オリジナルの小説や詩や物語のプロットを書き続けて今に至る。

フィクションというものがあまりに身近にありすぎて、どうしてそれが好きなのかという根本的な部分をしっかり考えたことが、けっこうな年齢になるまでなかった。世の中には一切オタクっ気のない、生きる上で虚構の支えを必要としない人もたくさんいる（というかそのほうがマジョリティかもしれない）、ということを理解できるようになったのは、成人して働きはじめてからだ。
あとフィクションを楽しむタイプの人でも、二次創作的思考（「同人誌が欲しい」といった具体的な欲望以前に、自分の頭の中でフィクションの続きやＩＦを考えることも含める）を全くしない、欲しない人がいるということに気付いたときもびっくりした。誰もがみんな多かれ少なかれ「あのキャラクターがもし別の行動を取っていたら……」とか「舞台がここじゃなくてあっちだったら……」「あの子とあの人が付き合ったら……」みたいなことは自然と考えることだと思っていた。非オタクはもちろん、オタクの中にもこういう「ＩＦをつらつら考える」系の遊びをしない人はいて、オタクなんだからてっきり「そっち系」の人と思い込んで話を振って妙にぎくしゃくした会話になってしまったことも何度かある。

フィクションとの付き合い方は、人によって濃淡もあるし傾向も違う。至極当たり前の話なんだけど、フィクションどっぷり人生をおくっているとたまにそこが見えなくなってしまうときがある。誰もが物語を愛し、物語を必要としているという思い込みを前提にしてしまうときがある。これはけっこう、あぶないことだなと最近よく考えるようになった。
フィクションを扱う職業を10年以上していて、長くやればやるほど、自分が取り扱っているのが「危険物」だなという認識が強くなっている。危険なものは存在すべきではないとか作るのをやめろとかいう話ではなく、雑に扱うと事故るなという緊張感が増してきている。実際、ボヤ程度から火山級までいろんなフィクションの炎上を目の当たりにしてきた。ここ数年世間を賑わせている陰謀論という概念も、言うたらフィクションと現実の境界がグズグズになってしまったときに起こる現象だ。フィクションに関するトラブル、オタク同士のもめごと程度だったら微笑ましい話だけど、陰謀論まで行くと人が死んだりするのでおおごとである。

フィクションとは、現実ではないもの、ここではないどこか、手で触れることのできないもの、虚構。そんな感じのものだけれど、しかしこの「現実ではないもの」の部分は実に繊細なあわいを持っていると思っていて、なぜなら、ドラゴンや河童は現実にはいないが、ドラゴンや河童の物語を読んだり作ったりしている私たちは現実世界の生き物だからだ。ここがややこしい。いや、本来ややこしくはないんだけど、ややこしくなってしまう人がややこしくしてしまうことが、ままある。

フィクションが原因、または想起されるような事件が起こると、判で捺したように「現実とフィクションの区別をしっかりつけろ」というフレーズがあちこちから出てくるが、一見正しいように思える（正しい部分もある）この言葉、けっこう罠だなと思っていて、なんとなれば、「自分はフィクションと現実の区別がしっかりついている」と信じている人ほどヤバくなったときに後戻りがしにくいと思うからだ。


人間は、現実とフィクションの境目を、きっちりと引くことなどできない。フィクションは現実を侵食し、現実はフィクションを侵食する。どんなに非現実的な内容でも、それは人間が作って人間が消費しているものなのだから、生身の人間に絶対関係してくるものだ（ＡＩが作ったものでもそのプログラムを組んだのは人間である）。

そこを忘れて「現実とフィクションは別！　ぜんぜん無関係に切り離せる！」と思いこんで胸を張って歩いていると、足元の穴に落ちることがある。私たちはフィクションで得た何気ない情報、感情、思想、しぐさなどを頭の中に堆積させている。それがフィクションと関係のない行動をするとき、考え事をするとき、影響を及ぼしてくることは確実にある。フィクションから受ける影響は、ポジティブなものや無害なもの（スポーツ漫画の影響で選手を目指すとか、駅弁の食べ順に影響を受けるとか）もあるけれど、当然ネガティブなものもある。間違った知識であったり、悪意のある偏見やステレオタイプであったり。それがフィクションの影響であることなど忘れているくらいに自然に、言葉や行動に出てきてしまうことがある。

だから私は年齢を重ねれば重ねるほど、自分の中のフィクションの蓄積が増えれば増えるほど、「自分は現実とフィクションの区別などつけられない。葉っぱをお金と思い込む可能性がある。気をつけられたし」と己に言い聞かせるのが肝心だと思うのだ。人はいいかげんで曖昧で、自分の見たいようにしかものを見ないものなので。

そしてこれは本稿のテーマにはあまり関係のない話なので恐縮なのですが、現在動画配信サービス・ディズニープラスで配信されている『スター・ウォーズ』のスピンオフ連続ドラマ『キャシアン・アンドー』が最高に面白いのでぜひ観てください。現在私はこのアンドーと同じくSWドラマ『マンダロリアン』を観るついでに生きているような状態で、心の半分は常に遥か昔の遠い銀河に飛んでいる。久しぶりに頭の中がそれのことばっかりみたいなハマり方をしていて、しかもそれが時間と金がいくらあっても網羅しきれないスター・ウォーズ世界の一端ということで、恐怖に震えている。でも面白すぎてやめられない。フィギュアとか買うのはかなり我慢してます。締め切りという現実から逃れる私をＴＩＥファイターに乗って追いかけてくる各社編集さんの姿が目に浮かぶようだ。May The Force be with you……。

おもしろと大人

もう15年くらいテレビを持たない生活をしているのだが、そうするとどうなるかというと、CMとアイドルとお笑いと邦楽の情報にめちゃくちゃ疎くなる。特にお笑い芸人とネットに画像や映像を出さない系事務所のアイドルに関しては、完全に90年代後半くらいで知識が止まっている。正直なところ、これは職種的にあまりよくない状態である。エンタメ作家たるもの、常に浅くとも広く現代風俗を識っておくに越したことはない。でも、しんどいんだよな〜、テレビ。行きつけのラーメン屋や居酒屋でテレビがついてるとなんとなく眺めたりするけど、30分も見てるとだいたいヤな気持ちになる映像か音か発言が飛び込んできて、これを家に置いておく勇気が出ないなと思ってしまう。

あと自分は「耳」が若干気難しいたちで、漫画や小説や映画は多少好みと外れていてもとりあえず最後まで鑑賞するのだけど、音楽は10秒聞いて気に入らなければ消すか別の曲に飛ばすかしないと、ストレスメーターが速攻でアガってイーッとなってしまう。ゲームなんかも音響関係のスタッフさんには本当に申し訳ないが、ほぼ全て音を消すか、config で最小限の効果音だけ鳴らすように調整して遊んでいる。テレビをつけていると問答無用で好みじゃない音楽や音がドカドカ流れてくるので、それがしんどいのだ。同じ理由でラジオもあまり聞かない。家に居る時間は80%くらい仕事をしているか仕事をしなきゃとグネグネしている状態なので、なるべくストレスなく過ごしたい。というような理由で生活からテレビを遠ざけている。

インターネットだけで情報を得ていると取捨選択ができる（できてしまう）ので、興味の薄いものにはとことん触れないで済ませてしまえる。例えば私は現代日本で非常にポピュラーなアーティストである米津玄師氏の音楽をまともに一曲も聴いたことがないのだが、家に引きこもってテレビやラジオを聞かずに過ごすとそんなインポッシブルそうなミッションもクリアできてしまう。自分でそういう生活をしておいてなんだけど、この「避けようと思えばとことん避けられる」状態って、ちょっと怖いなとも感じている。

大人になる、年をとるというのはつまり、最先端から離れていくことだ。いや、いくつになってもなんらかのシーンの先頭に立ってたり、なんなら牽引している人もいるけども、たいていは、ヤングなカルチャーや常識からはズレていき、古きものとして終わりを迎え骨壺に入る。私は今、自分が現代風俗と並走しきれなくなってきているのを感じている。物理的にも。ゲームだって、もうFPSゲームとか目が痛くなっちゃってぜんぜんやりこみできないもん。まだそこまではいってないけど老眼とかになったら確実にプレイできなくなる。アイテム名の字とか状態異常のアイコンとかちっちゃくてさ……ほんとゲームって若者のためのメディアだよなと痛感。

べつにいついつまでも流行に詳しくなきゃいけないことはないんだけど、先にも書いた通り職業的な不安がある。小説には若者を登場させねばならないときがあり、そのとき20年前の若者を出してしまって読者にズッコケられるチョベリバな事態は避けたいのだ。

だからごくたまに人んちとか、病院の長～～い待ち時間に腰を据えてテレビを見るのだが、中でも一番齟齬を感じるのが「笑い」の感覚なのだ。そりゃショーワの時代からはだいぶマシになっただろうけど、未だに人の年齢やルックス、恋人のあるなし、婚姻関係、人種やセクシュアリティなどを「いじる」笑いがフツーに出てくるのだ。

普段、自分が自分にとって心地良いインターネット環境をうまく構築しすぎていて、基本的に批判的文脈以外で差別的／蔑視的／嘲笑的な「笑い」のネタがほとんど目に入ってこないので、たまにナマのやつに触れるとぎょっとしてしまう。世の中、これで笑っていいことになってるの？　マジで？　というかんじ。

「笑い」とは何かについては、以前『早稲田文学』に原稿を依頼されてコラムを一本書いたことがある。そこでは「笑いというのは極めて社会的な行為であり感情だ。怒りや悲しみにはあまり説明が求められないが、笑いにはコンテクストがあり、時として解説が必要」みたいな内容を書いた。私は笑いというのは恐怖や怒りといった「本能」のコアな部分にある感情とはちょっと離れた、学習と社会性によって導き出される感覚だと思っている（そういう意味で世界で初めて「ギャグ」をかましたのがどの時代の誰なのかに興味がある。ネアンデルタール人の集団とかでも〝おもろ〟な奴が居たんだろうか）。人はオギャアとこの世に発生したのち、社会から文化や言語を学習し、そこで初めてギャグの意味での「笑い」を習得する。んじゃないかと考えている。

つまりテレビというこの世で最も大きいメディア（テレビ離れと言われているけど、まだまだ影響力が最大なのは間違いない）で「いじり」の笑いがハバをきかせているうちは、諸処の差別問題とか、解決が遠くなるんじゃないかなと大げさでなく思っている。なぜかというと、「いじり」というのは「一般」から少しでもはみ出した人／その部分を嘲笑する手段だからだ。平均値とされているもの、「ふつう」とされているもの、みんなが知っているとされているものからはみ出した要素を笑いものにする。それが「いじり」。

なぜ「いじり」が差別につながると思うかというと、平均とされるもの、規範とされるものからはみ出したものを嘲笑することによって、いじられたくなければ・恥をかかされたくなければ規範に従うしかないという空気が作られていく。それは人間に物心両面で均質化を求め、その規範を強化する行為、強く言うとファシズム的な笑いなんじゃないかと思うからだ。

「みんなと同じじゃなきゃダメなんだよ、せんせーに言ってやろ！」というフレーズを子供時代に何度も浴びてきた身として、この「いじり」の空気はたいへんに居心地が悪い。でも、テレビの現場でもそこから脱却した笑いをやろうとしている人たちも今はたくさんいると聞くので、どうかマジで早く、そっちの方面がポピュラーな笑いの文化として花開いてほしい。切実に。

主語がデッカイ話をするのを許してほしいが、前から日本の社会って小学校の教室がそのまんま続いてるなと感じてる。いい年こいた大人が「みんなと同じじゃなきゃダメなんだよ、せんせーに言ってやろ！(大意)」を堂々と発言することも少なくない。私はもうそれを聞きたくない。大人として。

3章

ひとりで生きる、
誰かと生きる？

インターネットと大人

初めてインターネットに触れた日のことを覚えている。あれは通っていた高校の近くにあったバブルの余韻みたいな奇抜なデザインの市民センターに、唐突にパソコンコーナーが出来たときだ。ウィンドウズ95を搭載した分厚くでっかいモニターのベージュ色っぽいコンピューターが並び、ふとっぱらなことに市民は無料で使い放題、ネットつなぎ放題。当時検索エンジンといえば天にも地にもYahoo!一強だった。というか他に何があるのかも知らなかった。ググれなかったから。セーラー服を着た私はどきどきしながら文豪mini（ワープロ）で鍛えたタイピングで検索窓に入力し、初めて回線の向こう、ここではないどこかへと接続した。最初にアクセスしたのは、米国のロックバンド、スマッシング・パンプキンズのファンサイトだった。

そこから二十数年が経ち、現在の私は型落ちのＤＥＬＬ機でＷｏｒｄとＴｅｒａＰａｄとＣｈｒｏｍｅと付箋とカレンダーとＬＩＮＥとＡｐｐｌｅＭｕｓｉｃを同時に立ち上げながら3分仕事をしては1時間ＴｗｉｔｔｅｒをやりつつＮｅｔｆｌｉｘを観る生活をしている。かように堕落した、ソドムとゴモラにＰｅｎｔｉｕｍプロセッサを搭載したような日常を過ごしておるわけですが、いつの間にか人生の半分以上をどっぷりとネットに浸かって過ごしてきている。このどっぷりはマジのどっぷりで、特にフリーランスになったこの10年は起きている間のほとんどをネットに接続して生きている。

今でこそ動画や画像が華のネット界だが、原初、そこはテキストの世界だった。文字情報が天下をとっていた。すなわち、人生が冴えなくて文章だけうまいやつが勝負に勝てる場所だった。あたしだ。冴えないオブ冴えない青春を過ごしていた私も、インターネットの中、テキストの世界でならイカした大人のナオンになれた。ネットのおかげで出会った友達、繋がった仕事、人脈、よかったことはたくさんある。やべえことや辛いことも経験した。気が付くと人生の思い出のほとんどがインターネット由来になっている。

いまさらの自己紹介になってしまうが、私の職業は作家である。それも、自分でも立ち位置はよく分かんないんだけど、やや純文学寄りのエンタメ作家みたいな、直木賞も芥川賞もどっちも獲れなさそうな中途半端なゾーンにぼんやり立っている。いちおうメジャーデビューしてから10年くらい経ってるのだが、SNSはそれ以前からやっていた。やりまくっていた。今もやっている。以前はブログもやってたしその前はテキストサイトっていうやつ（ググろう）も持っていた。

で、まあ、たまに聞こえてくるわけですよ。小説を書くこと、作家業っていうのは孤独な生業で、その孤独を友にしてこそ傑作が書けるんだから、小説家はチャラチャラSNSとかやって俗っぽく読者や編集と馴れ合ってちゃイカンよと。インスタントに時事問題に口を挟んだりご高説を垂れ流していると作家としての〝格〟が落ちるよと。Twitterなんかいくらやってても直木賞は獲れんぞと。そういう感じの「たしなめ」が、どこからともなく流れてくることがある。正しい。それはもう一点の曇りもなく正しいんでヤンスよ。私だってSNSは一切やらずに、ミステリアスでストイックなイメージでもって渋い表情であらぬ方向を見つめているモノクロの著者近影一枚だけ出してるクールな作家になってみたかった。世俗から超越した、大人の純芸術家。社会問題はもとよりネットの炎上みたいなくそ下らない話は耳にも入れたことのないような、森に住むエルフのような小説家。なれるもんならなってみたかった。

けれどそれをやりきるには、私はあまりにもさびしんぼで俗物で孤独だ。もう10年以上、佐川とヤマトとゆうパックとネットスーパーとファミマの人以外とはほとんど喋らず、一人で起きて一人で飯を食い一人で仕事して一人で寝ている。別に誰かと同居して四六時中他人の存在を感じコミュニケーションしていたいわけじゃない。でも、あまりにも孤独で、寂しくて、そんなとき側に居てくれたインターネットにむしゃぶりついてしまった。インターネットはどこまでもテキストの力で闘える場で、私よりも年上のいい大人たちが思いつくかぎりのバカバカしいことを競うように発信していて、ゆえに大人にならないことを責めてもこない。何より、回線の向こうに人がいる。クソリプとか誹謗中傷とかを食らうこともたまにあるけど、それでも人の気配を感じることに安心せずにはいられなかった。確かに、それらを全部切り捨てて、本当に一人きりでストイックにひたすら原稿に向かっていたら、今頃は三島賞あたりはいけてたかもしれない(言うのは自由コーナー)。しかしもし孤独に負けてしまったら。

今こんな連載もしていないかもしれない。私は孤高な人ではなく、ただただ人付き合いの苦手な文章のちょっとうまいさびしいやつなだけだから。

『あの頃ペニー・レインと』という映画がある。10代で『ローリング・ストーン』誌のライターに抜擢されたウィリアム少年が、70年代の狂乱のロックと恋とジャーナリズムに翻弄されていく姿を描く青春映画だ。ウィリアムはレスターという伝説のロック評論家の導きにより音楽ジャーナリズムの世界に入り、あるバンドのツアーに同行し記事を書くという大仕事を受ける。厳しい親に過干渉されていた地元から離れてきらびやかなセックスドラッグロックンロールの世界に触れ舞い上がるが、やがてロックスターの虚飾と自分の冴えなさに絶望しかける。そこでウィリアムは深夜、レスターの家に電話をかけるのだ。字幕だとだいぶ細かいところがはしょられてしまっているのだが、レスターは「クール（かっこいい）な連中とつるんだからって、君がクールになれるわけじゃない。でも俺たちには頭脳がある」と励ましてくれる。最後に主人公はレスターに「あなたが家に居てくれてよかった」（※携帯電話登場以前の話だからね！）と言う。それに対してレスターは「俺はいつだって家にいるよ。クールなやつじゃないからさ」と答える。このシーンが好きだ。レスターはドラッグもやるしまっとうな大人じゃないかもしれないけど、大人が子供に言ってあげられる最も優しいセリフのひとつだと思う。いつだってここにいる。自分はきみと同じだから。

私もいつか、誰かが深夜に電話をかけてきてくれるくらいには頼られる存在になったら、レスターのように答えたいと思う。私もいつだってインターネットにいる。週末の夜だってどこにも出かけずに一人でインターネットに居る。だって私もクールじゃないから。だから寂しくなったら、きみもいつだってインターネットに居ていいんだよ。

人付き合いと大人

自分は、正直言うと、人付き合いが得意なほうではない。喋り下手だし（とっさに言葉が出てこなくて、ごまかすために笑わなくていい場面で笑ってしまうくせがある）、人見知りだし、名前と顔を覚えるのが遅いし、話題が狭いし、元気に遊ぶ体力がない。しかしこの特性に気がついたのは、30代を半ばも過ぎたあたりからである。じゃあそれまではどうだったのかというと、実は「自分は人付き合いがメッチャ得意だ」と思っていた。軽妙なトークと人懐っこく気さくな態度、豊富な話題で夜通し遊べるパーリィピーポーを自認していたのである。30代以前と以降で私の性格や体調がガラッと変わった、というわけではぜんぜんない。自分は人付き合いが得意でないとある日ハッと気がついたその時まで、心の底から「勘違い」をしていただけなのだ。

たぶん、これを読んでいる私のリアルな知人友人は「いや、普通にコミュニケーションとれてるよ」と言ってくれる人が大半だと思う。なんなら「並より社交的だろ、お前」と思ってるかもしれない。たぶんそれも間違ってない。誤解のないように強調しておきたいが、人付き合いが「得意でない」のであって、「嫌い」ではないのだ。人と会うのも遊ぶのも好きだ。でも得意じゃない。ぜんぜんうまくやれてない。それに気がつくのに、なぜか30年以上かかってしまった。私はなんでも気付くのが遅い。アルバイト生活時代は接客やテレアポ系の仕事をよくやっていて、いずれも評価や売上がけっこう良かったのも、自分が芯からのコミュニケーション上手だと思いこむ要因になってしまった。生活がかかっていたから無理して頑張ってただけだ。ちなみに「自分は人付き合いが得意だ」と思っていた頃、私は人と会うとき、8割の確率で酒を飲んでいた。つまり、社交に酒の力が必要なくらいそれが不得手だったんだけど、当時は単に酒が好きだからだと思っていた。アホである。

基本的に人は、年齢を重ねるごとに付き合う相手が増えていく。赤ん坊や幼児の頃は保護者や親戚、それからご近所さん、同級生、教師、友達、先輩後輩なんかが加わっていって、同期とか上司とか取引先とか恋人とか配偶者とか配偶者の親戚とか自分の子供とか自分の子供の友達の親とか趣味のグループとか大家さんとか主治医とか行きつけの店のマスターとか、どんどんどんどん〝付き合い〟のある人が増えていく。なかには自分から積極的に関わりたい相手もいるし、義理で仕方なく付き合っている相手もいる。自分の理想の大人像は、そういう加速度的に増えていく人付き合いを千本ノックのようにばしばし打ち返し涼しい顔をしている、そういうイメージだった。ゆえに以前の私もそういう大人になりたくて、ほとんど自己暗示に近い思い込みでもって「自分は人付き合いが得意」と思っていたのだろう。

「大人には付き合いってもんがあるんだよ」という陳腐な台詞、一度はどこかで聞いたことがあると思う。そこには「生きていくためには気が乗らない社交でもやらなきゃいけない時がある」というニュアンスが含まれている（言い訳に使う場合でも）。気乗りのしない人間関係でもそつなくこなせるのが大人であり、相手によって態度や距離感を自在に操り、プライベートやオフィシャルの顔を使い分けるのがスマート、となんとなく思っていた。

しかし自分が今この年齢になって実感しているのは、人付き合いには気遣いという名のメンテナンスが必要で、なおかつ、自分が保全できる人付き合い案件にはキャパシティがあり、それを超える件数を抱え込むと不具合が起きるということだ。誰とでも広く浅くかろやかに付き合えるのが大人だと思っていたし、それが無理なくできる人もいると思うけれど、そうではなくて、大人の人付き合いって、「自分が今どれくらいのキャパを持ってるか」確認しながら社交をすることなんじゃないだろうか。

私は決して友達が多いと言えるほうではないと思う。しかし今やりとりのある友人みなこの子供中年のスッカスカの社交力に付き合ってくれる得難い存在であり、みんなとってもいいやつなので、人数なんて関係ないと思っている。そして、私の社交のキャパシティは、たぶんこのくらいが限界なのだ。この範囲を大きく超えたらまた酒の力が必要になるし、気遣いもおろそかになってしまうし、それは長い目で見たら、自分のためにも相手のためにも絶対によくない。ちなみに、一番長続きしている仲の良い友人とは、だいたい2ヶ月間に短文のLINEが3~5往復するくらいのテンポで社交しており、これが自分の中で仕事関係と家族を除けば最も〝密〟な人間関係である。

ここから急にパーソナルな話になっちゃうけど、実はわたくし長年鬱病を患ってまして、大波小波はあるが基本的に元気がない。それでもここ10年くらいは比較的明るく楽しく暮らしていたのだけれど、2021年あたりから急にガクッと調子が悪くなり、あわてて病院に駆け込んだりして持ち直しを図っている。そういう状態だとふいに「私は誰にも愛されない、優しくされない」みたいな憐憫モードに入ってしまうこともあるのだが、最近はその途中ではっとして「そりゃそうだ、私が誰も愛してないし他人に優しくしてないからじゃん。ていうか友達も仕事相手もいいやつばっかりなんだから、今この瞬間も優しくされてないはずがない。私がちゃんと受け取ってないだけだ」ということに気付いて落ち込みから少し抜け出せるようになった。20代で同じ状態になった時、すぐにこんなふうに自分をちょっと突き放して観察することはできなかった。なんというか、自我と自分がビッチリくっついてしまっていて、客観視がまるでできなかった。その頃を考えると、今は多少は大人になったのかな……と温めた豆乳を飲みながら思う。

以下は大人になることとはあまり関係ない話ですが、もし今これを読んでくださっているあなたが、心の調子が悪いな〜と感じたら、「まだこのくらい平気」と思っているうちに通いやすくて相性がよいクリニックを探し始めるのをおすすめします。「かなりしんどい」になってから探すと、判断力も落ちてるし時間も手間もかかってよりしんどくなるからです。風邪もひきはじめが大事ですし、具合がマイルドなうちに対処したほうがいろいろラクです。心療内科や精神科は担当医と会話をするので、相性のいい悪いがどうしても出てきます。ある人にとっては最高の名医でも、別の人にとっては最悪のヤブとか、普通にありえます。それを多少なりとも元気なうちに見極めるためにも、ゾクッとしたかな？　くらいの段階での病院探しを検討してください。人間、生まれてから死ぬまでずーっと明るく元気なんてあるわけないし、辛い時は医学に頼ろう。お医者さんという赤の他人の専門家にお金を出してすがるのは、人付き合いの中ではかなり気が楽なタイプのやつですよ。

協調性と大人

「協調性がありません」を通信簿にえんえんと書かれ続けた人生だった。小学校は半分以上、中学校も相当欠席しまくった元・登校拒否児だったので、まあ、むべなるかな〜という感じですが、学校から離れて幾星霜、あの「協調性」って評価軸は一体なんだったのかとふと思う。

物心ついたころから、「みんなといっしょ」がやりたくてもできないタイプの子供で、それが辛くてそのうち「みんなといっしょになんかなってやるもんか」という成長を果たした。それが良かったのか悪かったのかは、今も正直分からない。今でこそこんなん（零細ニッチ個人事業主）だけど、子供のころの私は本当に、みんなと同じになりたかった。切実に。

なりたくても、ほんとーになれなかった。頑張って話に加わろうとしても失敗し、積極的に友達を作ろうとしても失敗し、大人しくしてたらハブられ、面白い子にも優等生にも強い子にもなれなくて、どんなに考えても観察しても周りの人間と自分の何が違って自分の何がいけないのかが分からない。常識、価値観、使う言葉、服装、見ているもの聴いているもの全部がみんなんちとうちんちは違っていて、チートスキルゼロの異世界転生状態だった。両親は「他人と一緒なんてつまんないぜ」というタイプのカップルだったため、「みんなと同じになりたい」という子供時代の私の苦悩はおそらく理解されなかったろうし、そのうち思春期を迎え自分のセクシュアリティに自覚が出始め、いよいよどんなに頑張っても「みんなと違う」から逃れられないことが判明し、悩みは深まった。

高校生ぐらいになるとやや肚が据わって「違う」方面を突き詰める覚悟が出来たが、今思うと本当に痛々しくて恥ずかしいことばかりしていた（コギャル全盛期だったため逆張りしてくるぶしまでスカートを長くして通学したりしていた）。そうなると今度は「みんなと違う」ことにアイデンティティを求めだし、どんどん行動も言動も格好もトンチキになっていって、ますます浮き上がり、自分が本当に何をしたいのかも分からなくなっていく。担任の先生との二者面談の際、思い詰めた表情で「このままでは、あなたは社会から『他人と違う人』と思われてしまいますよ」と言われたときは、思わず笑ってしまった。ずっと言われてます。もうずーっとです。

結局小中高の12年間「なじまないやつ」扱いのまま学齢期を終えて地元を出たが、新天地でもやっぱりぜんぜん、他人となじめなかった。これはショックだった。というのも10代の私は自分が周囲からハブられるのを「ここが東京じゃないから」と思うことで己を慰撫していたからだ。生まれ故郷（3ヶ月も居なかったが）である東京に戻れば、今度こそスムーズに社会の一員になれると思っていた。その目論見は外れに外れまくり、上京して4年、私は鬱病をひっさげて華々しく地元に舞い戻った。気分は完全に『真夜中のカーボーイ』だ。観たことない人は観てください。人生で一番泣いた映画です。

それからいろいろあって（抗鬱剤と睡眠導入剤と焼酎の濫用でこのへんは記憶が曖昧なの）もう一度家出同然に上京し今に至るわけですが、30歳を過ぎたあたりで、ようやく自分に「みんなと違う」部分と「みんなと同じ」部分があることを認め、それを受け止められるようになった。あと職歴もないアラサーが孤立無援貯金ゼロで一から生活を始めないといけなくなったので、お前はいらんと言われてもむりくりにでも社会に自分をねじこまないと食っていけなくなり、付け焼き刃でもなんでもいいから周りに合わせる必要ができたのも大きい。

学校で評価される協調性とは、はみ出るな反抗するな周囲に合わせろというやつだと思うのだが、本来の意味の協調性は、そういう同調圧力から遠い場所にあるものなんじゃないかと、そういう生活の中で思うようになった。いろんな職種を転々としたのち独立して今の仕事を始め、昔は頭から拒否していた協調性というものについて改めて考えたくなった。

小説家は個人事業主だけど、この世の全ての仕事と同じように、一人で完結できる仕事ではない。書いて終わりではなく、編集者を筆頭にいろんな人と話し合ったり契約を結んだり交渉したりしてやっと、作ったものがお金になる。最近は電子個人出版のプラットフォームも増えてきて完全に個人でクリエイターをやることも可能にはなってきたけれど、私はマーケティングから営業から流通まで全部自分でやる自信がないので、スタンダードな商業出版ルートに乗って仕事するのが向いていると思っている。で、ここでは当然協調性というものがある程度必要になってくる。

これが新人賞を一気に三冠くらいゲットしてデビューしたとか文学賞を次々とゲットしたような天才作家なら、多少コミュニケーションが不得手でも仕事は舞い込むし周囲がサポートしてくれると思うが、問題はヒットも出さなければ賞も取ってない、しかしなんとかギリギリ食ってける程度の売上は見込める弱小クリエイターだ。このタイプはとにかく喋るなりメールをするなりのコミュニケーションができないとやっていけない。ちなみに両方かなり苦手だ。苦手だけど、天才じゃないからやらないと食っていけない。やっていくうちに慣れていく。ちょっとは上手にもなっていく。私はあいかわらずみんなと違ってみんなと同じだが、いろんな人と協力して生活を回すことができるようになっている。

究極の協調性って、自分が孤独な一個人であることを強く認識するところから生まれるんじゃないだろうか。

孤独であるのを知ること、孤独を怖がらないこと、どんな集団に属しどんなに親しい人とぴったりくっついて生活していたとしても、人間はみな独りであると理解すること。自分と他人は決して同一にならないこと。他と自己を同一視するのではなく、他人はどこまでも他人で、絶対に混ざらないし交われないと認識したうえで、なんとかその他者と話し合いすり合わせてやっていく。この「やっていく」の部分が協調性なんだ。誰かと同じになる必要も、無理に浮き上がる必要もない。これが今の私が考える社会性、協調性というやつです。レッツ・孤独！

恋バナと大人

本当は真面目な話をしようとしたのだ。選挙も始まったし。けどちょっと今、心身のコンディションがイマイチで（季節の変わり目ですな）ややこしいことを考えるパワーがぜんぜん湧いてくれない。困った。胃も口の中も荒れてるし爪も割れるしマジでテンションが上がらない。なのでほんとうに申し訳ないけど、今回は気楽なテーマで一席やらせてください。辞書とかＣｉＮｉｉとかひかなくても書ける話をする。恋バナの話をします。恋の話ではなく、恋バナの話。

自分がするにしても他人のを聞くにしても、恋バナが身近、日常的というタイプの人生とそうでもない人生がある。私は圧倒的に後者である。友達とか親類とか、個人的な付き合いのある人間の多くが恋愛に対する興味がない〜薄い〜プライオリティが低い系の人たちで、それこそ丸一日一緒に飲んでても政治の話はしても恋バナは毛先ほども出ないとか、ざらにある。私本人も、性愛に対する興味と実行意欲はそこそこあるけど、人生の中の優先順位はあんまり高くない。仕事やオタクごとが忙しかったらそっちが優先になるくらいのイキフンである。

そんなやる気のあんまりない恋愛プレイヤーだが、実は他人の恋バナを聞くのはかなり好きだ。恋愛は個々人の持っている「奇習」みたいなものがさりげなく露呈する話題だ。自分の常識、他人の非常識。仕事のやり方とか酒の飲み方は知っている相手でも、恋愛のやり方を聞くと「そういうタイプだったんだ⁉」と驚く話が出てくることが多い。そういう下世話な驚きを求めて、神妙な顔をしてありがたく拝聴している。

学生時代に部室やマックで聞く恋バナと、成人してから聞く恋バナ、基本的に内容に大きな違いが表れないのも恋バナのおもしろいところかもしれない。子供時代の恋は当人に背伸びをさせるし、大人になってからのそれは当人を幼く（もっというとアホに）する作用があるのかもしれない。話してるほうも聞いてるほうも、恋バナによる解決や発展など望んでいない。先にも書いたとおり私は性愛にそれなりに親しみたいし愛着も持っているが、恋愛はどっちかっつうと人間の「愚行権」カテゴリに入るものなんじゃないかと思っている。なくても死なないもの（例えば文学とか）を必死に追い求め、いらんことをし、いらんものを求めることに人間の人間たるゆえんを感じるのだけれど、恋愛はその中でもとくに、やらんでも死なないけどやり始めるとすごくリソースを持っていく、アホな行為だと思う。「大人の恋」という慣用句があるけど、あるかよ、そんなもんと毎度つっこむ。恋をしている人間はみんなアホだ。アホの話は聞くのもするのも楽しい（まあ大人の恋というフレーズは不倫やエグめのセックスプレイの言い換えとして使われることがほとんどですが）。

しかし悲しいかな、恋バナというのは自らも恋バナをする人の周りに集まってきがちなので、めったなことでは耳にできない。私も少ないながら話題の提供側になることはあるけど、なんていうか、聞いてて楽しいような起伏に富んだ恋バナをできたためしがない。だいたいうすらボンヤリしている。他人様の恋バナをガンガン聞いておいてなんだが、やっぱり相手のある話なのでその人の許諾を得ていないような話は第三者に漏らせないな……みたいな気もするし。ネタになるようなドラマチックさにもあんまり縁がないし、そういう情熱は仕事や趣味で発散させてしまっている気がする。今まで複数回、お付き合いした相手から「お前はお前の書くものと違ってまったくロマンチックではない。話が違う」とクレームを入れられたことがあるので、これもある意味意外性なのかもしれない。いやしかし、作家が書いたもんと同じテンションで恋愛してたら原稿が落ちますよ。たぶん。以前、ＳＭエロティックアートで有名な画家の方がトークショーで「たまに自分とリアルでＳＭプレイをしてほしいというファンが来るが、自分は実行派ではない。実際にやってたら描くヒマがなくなる」とおっしゃっていたのを聴いたことがあるのだが、けだし名言だと思う。

苦手な恋バナもある。職場の恋バナだ。専業作家になる前、派遣社員や日雇いでいろんな業種を転々としていた。短期の仕事ならいいが、同じところに半年以上在籍するとどうしても人間関係というやつが出来てしまう。決まった休憩所以外どこへも行けない職場だと、半強制的に昼休みに会話タスクが発生する。そしてだいたいどこの現場でもアグレッシブな恋バナ好きがいて、片っ端から話を振られる。これが困る。なんとなれ、私はレズビアンで、一年もいないような職場でカミングアウトする気はさらさらなかったからだ（めんどくさいので）。かといって「現在恋人はいません」とか言うと、どこの現場にも一人はいるアグレッシブな合コン好きに飲み会に誘われたり、同じ職場の「余り物」とくっつけようと画策されさらにめんどくさいことになる。しこうして、私は持てるスキルの全てを使って、「架空の彼氏」を作り上げるはめになる。いかにも「私」と付き合っていそうな男性の設定を作り、覚え、会話の中にさりげなく織り交ぜる。飛んできた質問にも対応できるようディテールをつめていく。そのうち「埼京線沿線の印刷屋の社員でちょうど十歳上で飲み屋で隣の席だったことがきっかけでなんとなく付き合いはじめて現在半同棲、結婚の話を出すとはぐらかされるがたぶん向こうはバツイチで靴のサイズは27センチ、茨城県出身だが納豆が嫌いでＡＫＢよりハロプロ派の毛深いおっさん」みたいな「彼氏」のいる「私」の生活が出来上がっていく。

何人かにはウソだとバレてたかもしれないけど、ほとんどはバレなかったんじゃないかという自負がある。見てきたようなウソをつくのは得意だ。数ヶ月しかいない職場、数ヶ月しか会わない人たち、契約が終わればもう一生顔を見ることも名前を思い出すこともない人間関係。そういう稀薄なコミュニティの中では、私も年齢が成人しているというだけで「大人」とみなされる。大人なのでへらへらと彼氏と私の適当なエピソードを話す。大人なので平気でウソをつく。大人なので、本当はこのあと会って週末を過ごす予定の愛する女性のことは話さない。

そういう生活をやめて、独立して、カミングアウトして、付き合って別れてを何度かやって、そうして十年くらい経ったけど、私は今もちょこまかとウソをついている。行きつけの飲み屋のカウンターで。美容室で。不動産屋で。「晶ちゃんは結婚しないのお？」という軽口に、ハハハと笑って「できないんですぅ」と返す。どうしてできないのかは詳しく説明しない。大人なので。いや、違うな。これはたぶん社会が悪い。

つい見てしまう。ゴミ屋敷お片付け動画を。文字通り、膝とか胸の高さまで（時には頭の上まで）ギッチリとゴミが堆積してしまったおうちを専門業者の人がものすごい勢いで片付け・清掃していく動画がYouTubeにたくさんあって、なんか、ぼーっと見てしまうのだ。不幸にも部屋の住人が亡くなられてご遺族が清掃を依頼したというパターンもあれば、自分じゃどうにもできなくなったので住人自身が依頼してくるパターンもある。ほとんどのゴミ屋敷はトイレ含むバスルームまでみっちり物が詰まっていることが多いので、住んでるにしてもどうやって生活しているのだろうと不思議なのだけれど、最後には魔法のように全てのゴミが片付いていくのにカタルシスを感じてしまう。

下世話な好奇心でそういう動画を見ているのは否めない。しかし同時に、「まったく他人事ではない」と思いながら見ている自分もいる。私は片付けができない。下手とかでなく、ほんとにできないのだ。前に住んでいた1Kのアパートは本当にゴミ屋敷一歩手前まで行って、最終的にそのラインを越える直前に引っ越しが決まり、廃品回収業者さんに部屋の中のものほとんど持ってってもらうという力技で「片付け」をした。今は新しい部屋に移って2年ほどになるが、すでに家事代行のスタッフさんを4回くらい頼んでいる。掃除と片付けをしてもらうために。別に大邸宅とかではない。普通の1~2人用の賃貸部屋である。広くなったこともあり以前よりはだいぶましな生活をしているが、気を抜くとまた大変なことになりそうで、掃除・片付けに関してはほんとうに自分が信用できないので、毎日小さなストレスを溜めている。

一応、ゴミ袋を2袋以上ためないという最低ラインの誓いを立てていて、これはなんとか守れている。しかし洗濯物は最近ちゃんと畳んでないし、掃除機のかけかたは適当である。風呂とトイレは比較的きれいにしてるかな。洗濯は普通にしてる。水回りの掃除はなぜかあまり苦にならないのが不思議だ。

片付けができないことは、私の大きなコンプレックスのひとつになっている。やりゃいいだろやりゃ、と自分でも思うんだけど、いざ片付けをしようと思うと急に「落ち込み」としか言いようのない感情が襲ってきて動けなくなってしまうのだ。仕方ないので芋焼酎のストレートかテキーラのショットを何杯か飲《や》って、ごまかしごまかし掃除をしている。あまり健康的なやり方ではない。

人生の半分近く一人暮らしをしていて、まだ家事との付き合い方、家事の正解が導き出せないでいる。最低限（ほんとに最低限）取り回してはいると思うけど、常に生活全体が雑だしルーティンも決まってない。家事って本当に大仕事だと思う。一家庭につき一個の事業なり会社なりを立ち上げるくらいの処理能力と体力が必要だと感じる。あとおおむねマルチタスクを要求される作業が多い、家事は。

私はマルチタスク的作業がまったくできないタイプではないのだが、タスクの優先順位をつけること、タスクの処理方法を最適化してルーティン化すること、それを定期的に同じように繰り返すこと、がとても苦手である。特に最後の「繰り返す」、つまり習慣化というやつが何につけても苦手で、カタギの勤め人が続かなかったのも、この毎日のルーティンをこなす習慣化生活にまったく適応できなかったからという理由が大きい。

大好きな小説であるミヒャエル・エンデの『モモ』に、モモの友達の掃除人ベッポという人物が出てくるのだが、彼は途方もなく広い場所を掃除するのに「つぎの一歩のことだけ、つぎのひと呼吸のことだけ、つぎのひと掃きのことだけを考えるんだ」という方法でこなしている。マルチタスクの対極なんだけど、もう掃除に関してはこれでいくしかないと思って採用している。つまり、とりあえず自分の一番近くの床に落ちているものに触る。それを捨てるなり置き場所に戻すなりする。整理する順番とか部屋全体の大局のことは考えない。とにかくひとつひとつ、そのゴミなり物なりのことだけ考えて片付ける。たとえ紙くず一個拾っただけでも、気力が途切れたら即そこで止める。児戯にも劣るおかたづけ力だが、こういうやり方じゃないとしんどすぎるのでしょうがないのだ。

かように掃除・片付けが大の苦手なわたくしですが、家事の中でも炊事は好きで比較的まめにやっている。これは食い意地がとてもはっていて、自分の好きな味付けで好きなもんを好きなだけ食いたいという強い欲望がベースにあるからやれているのだと思う。床のゴミひとつ拾うのも難儀に感じるが、10種のスパイスを乾煎りして挽いてオリジナルガラムマサラを調合したり、牛すじを丁寧に茹でこぼしたのち2時間煮込んだりするのはまったく苦ではない。アンバランス。

ただ、いうても独りの生活なので、全部自分の采配で回せるというのは最も気が楽なポイントだ。どんだけ手を抜いても困るのはほぼ自分だけなので、やったこと（やらなかったこと）の結果は全部自分でケツが持てる。これが、どういう関係であれ他者と暮らしていたらとたんに複雑度が跳ね上がるのが、家事のこわいところだと思う。

今のところ私がしてきた他人との生活は家族と暮らす、県人寮の二人部屋で暮らす、若干ガラの悪いシェアハウスで暮らすという3パターンだが、どれも多かれ少なかれストレスが溜まり、「無理……」となって脱出してしまった。同棲というやつにも興味と憧れがなくはないが、「やれんのか？」という不安が先に立ち、今まで一回もしてみたことがない。まずきちんとした生活ができていて、またそういう状態が好きな人にとって私は家で飼ってるでかい害獣みたいな存在になってしまうだろうし、同じレベルの家事苦手パーソンと暮らしたら今度こそストレート・トゥ・ゴミ屋敷になりそうで怖い。食品の管理だって一人暮らしと二人（以上）暮らしじゃ難易度がぜんぜん違う。構成員に小さい子供や老人、怪我や病気をしている人が含まれたらその複雑さは倍率ドンだ。「生活」のあれこれって、愛とか思想とか友情だけでは乗り越えられない物事がたくさんある。それをすり合わせて共同生活を営んでいる人というのは、年齢を問わずめちゃんこ大人度が高いなと思う。

家事は生きていくことの基盤で、これをどう解決するか（自分でやるか、他人に頼むか、お金やテクノロジーでなんとかするか等）に貴賤はないけど、家事労働を軽く見たり下に見ることはあっちゃならねえと思う。私たちの細胞一個一個までもが、ぜんぶ家事の上に成り立っているのだ。そのうえで、やっぱり、できるだけラクして生活したい。早く全自動掃除洗濯片付け確定申告機能つきロボットが開発されないかな。世界の大富豪もロケット飛ばしたりＴｗｉｔｔｅｒ買収するよりそっちにフォーカスしてほしい。

リレーションシップと大人

前回の家事の回でも書いたが、恋人と一緒に暮らした経験がない。というか、恥ずかしい話、恋愛的なリレーションシップが長く続いたことが少ない。続けられなかったと言ったほうがいいかもしれない。あまり自分の恋愛話をこういう場でちゃんと書いたことがないのだが、理由は相手がいることだから無許可にやたらと書きたくないというのに加え（コラムに親の話がよく出てくるのはかれらが許可をくれているから）、「何を書けばいいのかわからん」というのもある。フィクションで描かれる恋愛というのはたいてい劇的に始まり劇的に終わるのだが、私のリアル恋愛はおおむねフワ〜ッとなんとなく〝そういう感じ〟になり、気がつくとフワ〜ッと終わってるという、実に締まらない塩梅が最多パターンである。

そういうケジメのつかない恋愛をぽつぽつやってるうちに（一つの愛が終わると次

が始まるまで間が開きまくる)、あっという間に人生が後半戦に入ってしまった。別に何歳になったって刹那的な恋愛なんてしていいと思うが、やっぱここまで来ると多少関係が深まると「先」をどうするかということを考えずにはいられない。そして私はそういうことを考えるのが、たいへんに苦手なのだった。

恋愛志向のある人間にもグラデーションはあって、一旦ギアを入れたらアクセルベタ踏みでそのことだけに一直線な人もいれば、あくまで人生のサイドラインの位置に置く人もいる。自分も、恋愛はわりとしたいしするし、性愛の方面もまあまあスケベ(こっちはもうちょっと複雑でいろいろある)なのだけれど、そのことだけで頭がいっぱいになるようなパッショネイトな恋をするタイプでは、たぶんない。こういうヘニャヘニャした姿勢が(相手によっては)よくないのは分かってるんだけど、どうにもできない。熱心にやれないならはなっから恋とか性愛なんてしなきゃいいのに、ついフラッとしてしまう。フィクションや恋愛エッセイに出てくるのってどちらかというとアクセルベタ踏みパーソンの割合が多いと思うんですが、現実にはこういうフニャモラした芯の入らない姿勢でやってる人もけっこういると思うんですよね。どっちがいいとか悪いとかじゃないけど、フニャモラ派はエンタメ度が低いのであまり俎上に上らないのかもしれない。

誰かとお付き合いしたとき、その「先」をあんまり真面目に考えたことがない、ということの性向に、私が同性愛者であることが関係しているのかどうか、正直よく分からない。ないんじゃないかなーと思うけど（セクシュアリティに迷走し異性との交際にもトライしていた若い時も、結婚や同棲をしたいとは考えなかった）、「先」を考えにくい理由にセクシュアリティが無関係でもないとも思う。なんとなれ、日本では同性婚が法的に認められていない。東京都はパートナーシップ制度を始めたが、婚姻関係で得られるさまざまな優遇措置や法的な保護からはやはり程遠い内容で、あくまで別物の制度だ。そう思うと、「この先どうする？」の、その具体的なプランを考えるのが、なんとなく面倒になってしまうのも正直な気持ちなのだ。

結婚について考えていることはいろいろある。まず、大きな基本として私は婚姻制度そのものに反対だ。いらんと思っている。しかしこれだけ長年、世界各国に根付いている社会制度をすぐにピャッと消すのはサノス（ＭＡＲＶＥＬの悪役。映画では指パッチンで宇宙の生命の半分を消した）だって難しいだろう。なのでせめて権利の平等を、望む成年同士なら誰でも結婚できる権利を求めている。そのうえで自分がそれをしたいかどうか考えると、言葉と思考が濁ってしまう。単純にいっぺんくらいはしてみたい気はあるが、「できなさそう」というのがその前に来る。私はそんなに悪い性質の人間ではないと自認しているが、共同生活の相手としては誰にもおすすめできないクソ・パーソンな気がするからだ。

しかし「自分、クソ人間ッスから……（笑）」という自虐がなんとかサマになるのも20代前半までだ。40にもなってんなことほざいてたら「クソの自覚があるのにその歳まで放置してたのかよ」ということになる。自分のうんこ度を正しく把握しておくのはいいことなのだが、うんこに甘えてはいけない。自分のどのへんがどれだけうんこなのか、誰かと一緒に暮らすためにはそのうんこをどのように調整・改善していく必要があるのか。結婚なり同棲なりをするつもりなら、自分の総括がまず必要だろう。

で、その総括からなんとなく目を逸らしてきた結果として、41歳独身という現状があるのだけれど、それを自分で不幸に思ったりなんとかしたいという気持ちも、今のところぜんぜん湧いてこない。ただ、順当に行けばあと40年くらいはあろう余生をずっと一人で生きていけるのか？　という疑問はある。一生一人で大丈夫！　と前は思っていたけれど、たぶん私はそんなに強くない。それは分かってきた。現世から早めにスパッと退場できればそれでもいいけど、長寿の家系だ。きっと老後のどこかで孤独というモンスターに頭をカチ割られるだろう。そうなったときに慌てて誰かと生きる道（恋愛でも、友情でも、ビジネスライクなルームシェアでも）を探そうとしても、時すでに遅しとなってしまうだろう。実行するしないは別として、今から考えておかなきゃいけないのだ。

恋愛だけでなく、あらゆる人間関係において、自分はそれを長く健やかに維持するための努力を怠ってきすぎた、と最近じわじわ分かってきた。中年になってこういうことに気付くのは恐怖である。私のどこが特にうんこ野郎なのかというと、自分のことにしか興味がない部分だ。これは地味だが社会的生物として生きる上でクリティカルな瑕疵で、ここをカバーするためにさまざまな思考のトレーニングを続けてきた。私はチャリティにもちょくちょく参加するし、時事問題にもアンテナを張っている。

でも何も気負わなくても自然とそういう行動ができる人間ではない。頑張って意識して、自分以外の人や物事のことを考えようとしている。言うたら偽善者である。しかし、偽善者になるのだって簡単じゃないのだ。

怖いのは、私が10代、20代、30代と、平均以上に本を読み映画を観て漫画を読みしてきたことだ。そこにはたくさんのリレーションシップが描かれ、また現実のそれの参考になるような話も山のようにあった。たくさんの出会い、別れ、関係性の維持、他人と生きる将来、この世に生きる自分以外の人たちのさまざまな人生が描かれていた。私はそれを観た。読んだ。しかしほとんど己の身にはつかなかったのである。フィクション（ときにノンフィクション）を大量に摂取したからといって人格が上等になるわけではない。自分で「ましになろう」と思わないと、ましな人間にはなれない。というわけで、私はまだ「まし」になる修業をしている身で、だからまだたぶん一人でいるしかない、気がする。

子供と大人

子供のことをよく知らない。吾輩は一人っ子である。弟妹も姉兄もいない。この世代なら一人っ子もたいして珍しくもないが、従兄弟すらいない。知る限りの親類縁者の中で、たぶん自分が一番年下だ。出産は絶対にしないつもりなので、末代オブ末代である。さらに元・登校拒否児で、身の回りに子供の影が少ないまま子供時代を過ごし、そのまま成人した。なので子供のこと、特に小さい子供のことをよく知らない。たまに小さい子と接近遭遇する機会があっても、どのように応対すればいいのか分からずまごまごしたり無言になってしまう。赤ちゃんを見て「かわいい！」という気持ちが真っ先に湧いてきたことがなく、周囲の大人には「大人になれば赤ちゃんが無性にかわいく思えてくるよ」と言われてきたが、２０２２年12月現在、その兆しはない。

子供がかわいいかどうかは「わからない」「人による」としか言えないが、子供は社会と大人がその人権を保護し見守る義務がある存在であるとは思っている。子供は大切だ。目の前で困っている子供がいたらできる限りのことをしたいし、特に日本は児童福祉や出産・子育てに関する社会保障をもっともっと充実させるべきだと考えている。しかし個人的に子供と親しくなりたいとは思わない。そういうスタンスである。

幸運にも、両親が「結婚しろ」「子供産め」みたいなことをぜんぜん言わない人たちなので（カミングアウト前から）、家の中でそういうプレッシャーを感じたことはほぼないのだが、そんな恵まれた家庭環境にあっても、一歩その外に出ると「産む機能」が付いている自分について考えざるを得ない事態がたびたび襲い掛かってくる。そんなこと一切考えたくないのに、考えずに生きてるとトラブルに陥ったり健康問題に発展する可能性がある。理不尽だ。しょうのないことなのかもしれないけど、理不尽だとずっと思っている。

ごく幼い頃から、「異性と結婚し、子供をつくる」というビジョンがしっくり来なかった。まだ小学校になんとか通っていたころ、何かの授業で先生が「将来自分が結婚して赤ちゃんをつくると思う人は手を挙げて」という質問をした。そしたら私以外のクラスの全員が挙手したので、心底びっくりした。そのクラスは男女の仲が悪く、両勢力がお互いに陰口を投げ合っているような環境だったのに、みんな異性と結婚し子供をつくる心づもりでいる。それがショックだった(そして一人手を挙げなかった私は当たり前のように物笑いのタネにされた)。

自分の人生に、他人がディープに関わってくる。そのことに対する畏れがある。子供なんて、それの最たるものだろう。自分の身から他人が生えてくる。冷静に考えるととんでもないことだと思う。奇想だ。SFだ。いや、それを奇っ怪と思う私が奇妙なのか。

「子供をつくる」という現象に、なぜか強い警戒心を抱いている。昔から。友人知人から妊娠のお知らせを聞いても、まずそれは「おめでとう」と言っていいものかどうか確認してからでないとおめでとうが言えない(他人に報告してくれる時点で9割9分おめでとう案件なのだが)。そして「おめでとう」以上のこともなかなか言えない。

能動的に子供をつくる人と自分の間に勝手に距離を感じており、自分が子供や子育てに関して喋ると、無意識になにかとても失礼なことを言ってしまうのではないかという恐怖がある(この原稿自体、子育てをしている人やそれを希望している人にとって、たぶん嫌な気分になる箇所があるだろうなと思っている)。

いや、べつに、私みたいなやつが居たっていい。ぜんぜんいい。人類みんな子供がつくりたくて赤ちゃんをかわいく思う、なんてことはありえない。頭ではそう理解しているのだけれど、小さな、割箸を割るのに失敗したときに出来る小さな棘みたいな、「お前はひとでなしだ」という意識が頭に刺さって抜けないのだ。私が、この鬱病のくせに自己肯定感が高く千葉名物MAXコーヒーより自分に甘い私が、自分を「ひとでなし」と思ってしまうくらい、なんらかの圧力が掛かっているのだ。どこかから。

一番感じるのは、「一人前ではない」という圧だ。人間、子供をつくって/産んで/養って一人前という考え。作る・養うのあたりは男性にもかかっているプレッシャーだろう。とにかく次の世代をこさえないと「種」としての義務を果たしていないみたいな物言いを、政治家とかがまだまだ平気でしている世界だ。パンツ穿いてスマホ握ってメルカリで買い物してるくせに、生殖とかセックスに関係することだけいきなり「人間も動物の一種」みたいなこと言って、急にアニマルぶって〝本能主義〟になる連中が本当に嫌いだ。卑怯なやつらだ。だから子供を愛でたりつくったり養育しないことで自分を「ひとでなし」と思いそうになったら、そういう卑怯者たちの顔を思い出し、お前らの土俵には乗るもんかと自我を立て直すことにした。

ほかにも「産んだことのない／子供を持ったことのないやつには分からない」という口喧嘩上での「禁じ手」をかましてくる人もいるが、これにひるむ必要もない。他人の心など全員分からないのが当たり前だからだ。向こうだってこっちのことは分からない。分かりようもない。我々オール人類、分かり合えない。どんなに愛していても、どんなに憎んでいても、どんなに冷静に分析しても、分かり合えない。言葉と自我を持ってしまった生き物の宿命だ。分かり合えないことを前提に一緒に「社会」をやっていくしかない。そこに必要なのは、地味でつまんねー話し合いとかすり合わせだけしかなく、ビニールのプチプチをひとつひとつ潰すような、0・00000000……1%の積み重ねしかない。魔法のようなシステムや言葉が一気に状況をひっくり返したりしない。攻略法もチートコマンドもない。

　私はこの先もたぶん、子供のことは分からないままだ。分からないまま大人になってババアになって死んでいくと思う。今わの際にそれを後悔するようなことがあるんだろうか？　仮にあったとしても、今の自分の選択は変えるつもりはないし間違っているとも思わないし、死に際の私が私のままならば、今の私の選択を称えたまま死ぬだろう。

4章

そして
人生はつづく

後悔と大人

恥の多い人生をおくってまいりました。というか、そうじゃない人はいないだろう。みんな大なり小なり恥にまみれた人生を送っているはずだ。そうだよね。そうであってほしい。

42年間ぶん、後悔することはもちろん売るほどある。時を経てもはやどうでもよくなったものもあれば、思い出すたびに新鮮に胃が痛くなるようなものもある。自分の選択の誤りだったとはっきり分かるものもあれば、自分にはどうしようもできなかったものもある。

いつまでも生傷のように痛み続けるものは、やっぱり自分のせいだと分かっているものだ。あのときもう少しちゃんと考えていたら、もうちょっと早く行動していたら、言葉をひとつ変えていたら。何かを違えていたら結果が確実に変わっていたと分かっているものほど、深く後悔する。でも当然、いくら悔やんでももうどうしようもない。何をどうしても時間だけは巻き戻せない。分かっているのに、ときどき無駄に思い出しては悶絶するのを繰り返す。

余談だけど、そういう思い出すのも辛い後悔がふいに頭の中に浮かび上がってきてしまったときって、とっさに「おまじない」のようなことをしてしまいませんか。魔除けというか、その思い出した後悔のことを頭から追いやるために。私はほぼ無意識に「痛っ」と声に出して言ってしまう。こんなことするの自分だけかなと思ってたけど、前に飲みの席で「恥ずかしい過去を急に思い出してしまったときは即座に自分で自分の腕にしっぺをする」というエピソードを披露していた人がいて、似たような人がいる……とちょっと嬉しくなった。

フィクションの世界で、タイムマシンものやタイムリープものが手を替え品を替えいつの時代も生み出され続けているのは、人は誰しも一つや二つは人生に後悔を抱えていて、それを「なんとかしたい（したかった）」という気持ちを持っているからだと思う。過去に戻ってやり直したい、というのは、たぶん普遍的な欲望なのだ。一回もそういうことを考えたことがない、という人はほぼいないと思う。

でもそういう「過去に戻ってやり直す」系の物語って、たとえハッピーエンドでも、たいていちょっとほろ苦かったり教訓めいたオチがついていたりと「やっぱり過去をやり直すなんてできないし、できたとしてもしちゃいけないんだよね」という後味で作られていることが多い。後悔をなくす、過去を変えるというのはあまりに強烈で甘い欲望だから、自制しないといけないという気持ちが働くのかもしれない。

時の流れは不可逆で、起こってしまったものはもう変えることも取りやめることもできないと分かっているはずなのに、どうして人間には「後悔」という機能が搭載されているんだろうか。めんどくさい。人間以外の動物は後悔なんかしないで生きているのではないだろうか。

と、思っていたけど、ナショナルジオグラフィックTVを見ながら、かつて我々も経験してきた「進化」というやつも後悔ベースで行われているものなのかもと考えた。自分の代では鳥に食われまくった虫の後悔が擬態に進化し、水辺で苦労した生き物が何世代も後悔して後悔して陸に上がれるよう進化していく。となると人間も後悔に後悔を重ねることでちょっとずつ進化してるんだろうか？　何某かに。

後悔しまくって進化を続けた人間ってどうなるんだろう。ものすごく賢くなったりものすごく強くなったりするだろうか？　いろいろなパターンを想像してみたけれど、もし後悔の気持ちが進化に繋がるのなら、いずれ人類は滅亡するんじゃないかなと思っている。何も克服せずに、何も発展させずに、どんどん脆弱に儚くなって消えていくんじゃないかと思う。何億年か後の人類（だったもの）は、糸くずみたいに大気中をさまよい、産まれて3日で死んでいくみたいな生き物になっているかもしれない。後悔をする暇もない生き物として、心の痛みや辛さを感じる隙間もなく消えていく種になっているんじゃないだろうか。それくらい、人生には後悔が多いし、中には一人で抱えきれないようなつらいものもあるから。

生き物が、特に人類というややこしい種が「発展」のみを願って生きているとは私にはとうてい思えなくて、かなりの数の人間が「消えてなくなりたい」と思いながら生きているように感じる。これは鬱病人間の目で世界を見ているからそう思うだけなのかもしれないけど……。いずれにせよ強く、便利に、賢くという方面でない「進化」もあると個人的には嬉しいし楽しい。働かないで寝てたら生きていける生き物に進化したい。それもひとつの人類の壮大な夢ではないか。

ちょうどこの原稿を書いているのが年明けすぐの時期なので、あちこちで「新年の抱負」を目にする。「悔いのない一年にしたいですね」みたいな言葉がよく出てくる。そりゃ後悔するようなことはなければないほどいいけど、そんなの無理だ。今年の年末も、誰もが一年を振り返り大なり小なり悔やみ、酒を飲んで、なかったことにするか、暗い気持ちのまま正月を迎える。それを死ぬまで繰り返す。絶対にだ。後悔は避けて通れない。避けられるんなら全員避けてる。どんなお金持ちもどんな賢い人も、生きている限り後悔からは逃れられない。

後悔をゼロにすることができないからには、「後悔している自分の面倒をどう見るか」を考えておくほうが建設的だなと思う。どうせ今年も何かの理由で泣くほど悔いたり落ち込んだりするんだろうから、そうなったときの対処法を考えておくほうが、避けられない後悔におびえるよりマシな気がする。とりあえず少し前から、私は酒に頼ることはやめようと思っている。同じくらい身体に悪いかもしれないけど、今年は何かに後悔したらフライドポテトのバカ食いをしようと思っている。フライドポテトが大好きなので。そう決めておくと、普段の生活でふっとフライドポテトが食べたくなっても「これは〝後悔〟用にとっておかないと……」という気持ちが働き「無駄フライドポテト」を減らすことができるのだ。

後悔があればあるほど、振り返ると人生ってほんと選択の連続&積み重ねだなと思うけど、その選ぶ局面にいるときは、それが選択肢だと気づかないことも多い。それがおっかないけど、でもしょうがないんだよな。ゲーム画面みたいに選択肢が全部表示されていたら、途中でセーブできたらいいけど、そうはならない(だから人はゲームをするのか?)。断言するが、生きてるかぎりあなたも私もこの先ずっと恥と後悔にまみれた一生を過ごす。つらい。でもしょうがない。しょうがないんだよ。しょうがねえな〜としぶい顔をしながら、一緒に一年を乗り越えていきましょう。これからも。

怒りと大人

めったに人と会ったり外出したりしない仕事なのだけど、新規の取引先とはやはり一度は対面（昨今の事情を鑑みてオンラインミーティング等でも）して挨拶はしておきたい。ので、年に何回かそういう初めましてよろしくお願いしますの機会があるのだけど、どなたもお会いしてしばらく話すうちに明らかにほっとしている感じが伝わってきて、内心（すみません）という気持ちになる。このすみませんは、緊張させてすみませんとか、怖がらせてすみませんというニュアンスだ。中には正直に「優しい方で安心しました」と伝えてくる人もいる。

常に怒りまくってるうるさくておっかない女、というイメージを持たれているんだろうなあという自覚はある。あと単純に見た目が変で怖いというのもあるのかもしれない（己の変態的な欲求に従って野放図にピアスを入れていたら、首から上がけっこう賑やかな感じになってしまった)。ここがLAとかロンドンならたいして珍しくもない傾き具合だと思うけど、日本で耳以外にもピアスをばちばち開けてたりタトゥーの入っている中年女性は珍しいので、初対面の人にはだいたいドン引きされていると思う。

正直、何かというと怒り出しますよ、黙っちゃいませんよ、というアピールをあえて出している部分もある。ナメられないためだ。仕事でもプライベートでも、一度ナメられるとうまくいく案件や関係も壊れてしまうことがある。こっちが優位に立ちたいとかでなく、ナメられなければそれでいい。仕事相手や交際相手を常にナメくさりたいモラハラうんこ人間をあらかじめ遠ざける効果もある。そのおかげかここ十年以上、仕事の上で対人トラブルに発展したことがほぼない。

わざわざ「怖くてめんどくさい人」アピールをして仕事をする相手を試すような、ふるいにかけるような行為ってどうなの。傲慢じゃない? と思われるかもしれない。実際傲慢な部分はあると思う。しかし、これは私の盾だ。鎧だ。私を守れるのは私しかいない。私には何の後ろ盾もない。金も力もコネも何もない。何かあったら乏しい資金を使って一人で戦わないといけない。だからあらかじめ争いを避ける必要がある。

フリーライターを始めた19歳のころ、私はさまざまなタイプの「ナメられ」の洗礼を受けた。業界のおじさん・おじいさんたちから。仕事を頼みたいという名目で呼び出した19歳に酌をさせ酒を飲ませ武勇伝を聞かせいい気分で「あわよくば」に持ち込もうとした数多のおじさん・おじいさん。こっちから奪うことだけ考えてろくな仕事も展望もはなっから与えるつもりはなかったおじさん・おじいさん。そういうくだらない連中に物凄い時間を無駄にされた。運良く私が（ほぼ）無事だったのは、祖母譲りの超合金肝臓と腕力があったからだ。それでも悔しかった。腕やおっぱいを摑んでくる手を振りほどくことはできても、当時の私はギョーカイでエラい顔をしているそのおじさん・おじいさんたちをブン殴ることはできなかった。ギリギリまでヘラヘラ笑っていた。なぜそんな目に遭ったのか。答えは明確で、当時の私が19歳で、女で、ナメられていたからだ。

19歳だったことも女であることも、私は何も悪くない。当たり前だ。悪いのはナメてかかってきたあの排泄物中高年男性たちである。連中は、私が怒るなんて想像もしていないようだった。実際、私は笑ってやり過ごした。あのときに今の私がタイムスリップできたら。あの腐敗吐瀉物中高年男性たちに生まれてきたのを後悔させるようなスペシャル・エクスペリエンスを提供できたのに……。

怒りというのは人間の基本コマンドに組み込まれているように扱われているけれど、怒りの感情を持つのはともかく、それを表に出すのには訓練が必要な人もいる。私はそのタイプだった。内に怒りを溜め込んでしまい、何か嫌なことを言われたりされたりしても即座にその場で怒ることができない。そういう人間だった。

私は本来とてもめんどくさがりで、自分に損害があるシーンでもその解決がめんどくさそうだと放置してしまうことがままある。昔スーパーで買い物中に、たぶん納入業者の人が運んでいた商品がぱんぱんに乗ったスチール製のワゴンに足の甲を思いっきり轢かれてしまったことがあるのだが、当時「息をするのもめんどくさい」という精神状態だったため、焦りまくる業者の人の顔（はっきりと「謝罪」「賠償」「本社に怒られる」みたいな文字が浮かび上がっているのが見えたくらい焦っていた）を見ただけで、その後の「手続き」のめんどくささに圧倒されてしまい、黙ってその場を立ち去ってしまった。足のほうはというと、ヒビまでは入ってなかったと思うがしばらくかなり腫れて歩きにくいくらい痛かった。でもやっぱり「めんどくさ」のほうが勝ってしまってそのまま何もしなかった。これが親族や友人の体験だったら「何やってんの！　ちゃんと怒って相手の連絡先貰って病院行って診断書貰って治療費なりなんなり請求しなきゃだめだよ！」と絶対言っていると思う。

でも、怒るのって正直とてもめんどくさい。それに元気が必要だ。鬱の塩梅が悪いときは特に怒れない。怒らないと自分を守れないことがあるのは分かっているのに、どこでどのくらい怒ればいいのかが判断できない。そして怒らないままでいると、またナメられ、また怒りを溜め込むという悪循環に陥ってしまう。

怒りをコントロールし、表に出すべきときには出せるようになったのは、30代に入ってからだ。具体的には、SNSが発展してから、私は自分の怒りを自分のものとして扱えるようになった。見ず知らずの他人の怒りが渦巻くSNSを通じて、かつて押し殺してきた怒りを振り返り、「あれは怒ってよかったんだ」と思うようになった。それは自分史の中でもとても大きな出来事で、その怒りをもってして、やっと自分の自我が完成したような気持ちになったのを覚えている。知らない誰かの怒りが私の人間としてのピースをはめてくれた。

社会に対して怒りを発信していると、「怒るのを娯楽にしている」という廃棄物糞便御意見をもらうことがある。娯楽というものをナメくさった話だ。怒りを表に出すことがどれだけめんどくさいことか、それでも怒らないといけないと思った人の決心がどれだけ重いか、ケツ拭き紙より薄っぺらいカスな奴には分からないのだろう。ある種可哀想だけど、哀れんでなどやるものか。そうやってずっと他人の感情に怯える自分をごまかして生きていけばいいのだ。私は怒るべきときに怒るのも大人の役目だと思っているから、めんどくさいけどこれからも人生のＤｕｔｙとして怒りを忘れずおっかないババアになるつもりだ。

病と大人

人生、病院での待ち時間ほどムダなもんってないですからねえ……。

私の言葉ではない。持病の担当医の言である。予約してんのに一時間以上待たされた上での診察中のお言葉だ。アンタがそれ言うか?!　の一言をぐっと飲み込み、さいですねえ……と力なく相槌を打つ私。

自由業なので平日の真昼間だろうが病院行きホーダイというアドバンテージはあるものの、それでも病院は、確かに待つ。逆に平日の方が地域中のご老人が集結していて混みまくっている場合もある。現在私は二ヶ所の病院に定期的に通院しているのだけど、月イチとはいえ移動時間も含めると確実に一回につき三時間以上は時間を取られるので、しんどいな〜めんどいな〜とボヤきながら通っている。

あとお医者さんに職業を訊かれるのが嫌だ。私は文芸美術国民健康保険組合（文美国保）という国民健康保険に加入しているのだが、その保険証には所属している団体である日本推理作家協会の名前が書かれている。ので、診察時に「お仕事なにされてるんですか？」と訊かれてしまうことが多い。これが飲み屋や美容院なら適当にウソの職業を言ってごまかすのだが、お医者さん相手にウソはつけない。職業やライフスタイルが診察診断の内容に関わってくるかもしれないし。しぶしぶ、著述業をしておりますともそもそ申告する。そうすると当然の流れとして「どんなものを書いてるんですか？　ペンネームは？」と訊かれる。これはもっと言いたくない。でもお医者さんにウソはつけない。「ミステリ作家です。ペンネームは宮部みゆきです」とか言いたい気持ちをぐっとこらえて、正直に自分の筆名を告白する。すると当然、お医者さんは（知らねえ……）という顔になり、そのままぎこちなく会話は終わる。という流れを、新しいお医者にかかるたびに繰り返しておりうんざりしているのだ。たぶん中堅クリエイターで同じ思いをしている人はたくさんいると思う。

　全国のお医者さん、お願いですから診察に密に関わる事情以外でフリーランスにペンネーム訊かないでやってください。

しかしもともとは身体は比較的丈夫なほうで、歯医者の世話にもめったにならないくらいだったのだ。その丈夫さにあぐらをかいてテキトーな暮らしをしていたツケが四十過ぎて一気に襲って来た感がある。それはまあ因果応報なのでしゃあないな、とは思っているが、今までピンピンしていたぶん、慢性疾患オーナーになってから、世の中というか自分の生活ががらっと変わって見えるようになったことには、少なからず驚いている。

まず行動範囲が狭くなった。体力と心肺機能が落ちてすぐ疲れるようになってしまったので、なるべく坂や階段を歩かないで済むルートを探して移動するようになった。以前は歩くのが苦にならないタイプだったのに、初めて行く駅ではエレベーターやエスカレーターの場所の確認が必須になった。歩道橋を使うのが辛いし、古めの地下鉄構内の移動が辛い（長距離歩くし通路が複雑だし階段を上ったり下りたりしないといけない）。こうなってみて改めて、東京は段差が多いし、無料で休める場所がものすごく少ないことを実感した。バリアフリーという言葉はすっかり定着したけれど、実態はぜんぜん伴ってないな、と思う。もちろん努力している設備や企業もあるが、そういう「ちゃんとしてる」場所は入るのにお金がかかったり、お金持ちが住んでいるゾーンだったりして、金のない不健康な人間は恩恵にあずかれない場合も多い。そんな街で日常生活をおくるの、身体がちょっとしんどい程度の私でもキツいので、もっとしんどい人の苦労はいかばかりか。

健康な私が見ていた日本は、その一面が見えていただけだったんだなと思い知っている。東京は好きだ。でも、東京はいじわるな街だなと思うことも多い。排除アートという言葉をご存じだろうか。野宿者の人たちが休めないようにベンチに仕切りをつけたり公園や駅構内の空いている場所にオブジェを置いたりする行為を、「アート」とおためごかしして施行している悪知恵行為だ。野宿者の人たちが休めない都市は、当然病人や怪我人や老人もろくに身を休めることはできない。それでも私は自宅に帰れば寝っ転がることができるけど、それができない人たちもいる。その人たちを、東京という街は排除しようとしている。

いま横になりたい人が横になれない都市ってなんだ？　健康な成人が生活すること

しか想定してない都市ってなんだ？　それって人間が人間らしく生きていける場所と言えるのか？　と、年齢を重ねるごとに考えることが増えてきた。そして、不健康な人は健康な体に治しましょう入院させましょう、家の無い人には自立を促しましょう専用の施設に入ってもらいましょう、みたいな、「福祉」っぽいことの充実だけでは、都市はその機能を果たしていないんじゃないかとも思う。

もちろん福祉はとても大切で、そもそもそれがこの国この街には絶望的に足りていない。もっと包括的な、行き届いた福祉が必要だ。でも、誰かが決めた「正常」からはみ出た人を「正常」に近づけることだけが、福祉じゃないと思う。それは結局、健康な成人しか視野に入っていない状態で運営される行政をそのまま保持することにつながる。人には不健康のまま生きる自由、不便なまま生きる自由もあるんじゃないか。私はあると思う。

私の個人的な理想は、都市はカオスを包み込めるものであってほしいということ。人間の集団というのがカオスだから。たくさんの選択肢がある世界で生活したい。都市にはさまざまな人が住み、中には「健全」や「健康」から外れて生きている人もいる。その人たちをサポートしようとするとき、その内容が「〝普通〟の人と同じになるように矯正する」一辺倒であってはならないんじゃないだろうか。百人いれば百通りの生き方がある。それをサポートするときにいちいちヒアリングしてカスタマイズしていくのは大変だろう。でも、そうあってほしい。そもそもサポートを必要とするかしないか、必要な人は何をどのくらい求めているのか、雑多な人々が生きる都市はどういう設計をしたら、それぞれがそれぞれの自由と快適を満たして存在できるのか。そういう計画にジャブジャブ使ってくれるんなら税金も払い甲斐がある。

とにかく、駅のホームのベンチすらケツが半分くらいしか乗っからないようにしている街はおかしいよ。本当にいじわるだ。いじわるはよくない。子供でも知っていることだ。大人のやらかす幼稚以下の悪意が蔓延する街で、私は今日もぜえぜえ言いながら生きている。

終活と大人

親編

3年ぶりに帰省した正月の実家でこの原稿を書いている。親戚も来なけりゃ客も来ない、地上波テレビも観ないし酒も（私しか）飲まない一家なので、元旦にやることがなくて結局なんとなく仕事をしている。

しかし実はこの帰省にははっきりとした目的がある。ずばり終活の段取り、具体的には実家の片付けである。両親は共に七十代前半。まだまだ元気だが、放っておくとあと千年生きるつもりか？　みたいな話しかしない人たちだし、私の親だけあっていろいろなことがまことにテキトーなので、心を鬼にしてこの随一のリアリストたる一人娘が、一軒家いっぱいになっている大量の「物」をなんとかするために東京ばな奈を携えて帰ってきたのだ。

現時点、私が親の終活に関してなにがしかの口や手を出せるのは、物理面のみである。経済面や相続面などのややこしいことは私の知識と能力では一切太刀打ちできない。ので、ここに関してはいざとなったらプロを雇うことに決めている。金で解決できるものは金でカタをつけるのがなんだかんだ言って一番ラクだしお得。人生、何か困ったことがあったら即プロに頼ることに決めている。金は自分の仕事を頑張ればなんとか稼げるが、プロの知識やノウハウは頑張ったって実用できるレベルを身につけるのはたいへんに難しいからだ。

しかし、子の立場から親に終活の話を持ち出すのもなかなか難しい。一応まだピンピンしている老人に向かって「そろそろ死ぬから準備しとけ」と言い放つのは、いくら長い付き合いとはいえ躊躇するものがある。両親と私の関係は良好な方だとは思うが、相手は42年間一度も口げんかに勝てたことのない人間だ。めちゃくちゃ喋るし気が強いし我も強い。親類縁者の一切いない山奥にいきなり引っ越して土地の開墾から始めてセルフビルドで家一軒建てたマッチョな連中だ。もし話がこじれた場合、普段ヌルくて快適な都会で「ＰａｙＰａｙでお願いします」「袋いりません」しか喋らないで生活している青びょうたんに勝ち目はない。どうにかして気分を害さないようマイルドな物腰と表現で、「そろそろ死ぬから準備しとけ」を伝えないといけない。

というわけでなんとかタイミングを見計らって「その……終活って、最近流行ってるよネ……」みたいな腰の引けたトークを切り出してみたところ、最後の「ネ」を言い終わらないうちに「それよりウチに置いてあるあんたの荷物いいかげんなんとかしなさいよ」とカウンターパンチをぶち込まれてしまった。

返す言葉もない。そう、実家に物を置いている。大量に。ほとんどは本だ。自宅に置ききれなくなった本を宅配便で送りつけては、無駄に広い実家の物置に保存してもらっている。あとは子供時代からこまごま残っている雑貨や服やビデオテープなんかを合わせると、私の物がかなり実家を圧迫しているのが判明した（というか、うすうす分かってはいたけど目を逸らしていた）。

さすがにそれらを放置したまま、老人に物を処分しろとは言えない。しょうがないのでまずは自分の荷物から片付けるはめになってしまった。本はいざとなったら始末が楽（腐らないし、業者にまとめて持っていってもらいやすい）なのでとりあえずペンディングとし、それ以外のあらゆる自分の物を捨てに捨てることにした。高校生の時に作ったコスプレ衣装とか、元カノにもらった手紙とか、悩んだけど捨てた。ちなみに10代から買い集めた同人誌は一度手放したら二度と出会えないので、私の死のギリギリまで保持しておくことにした。

思い出の品のたぐいなんかはゴミ袋にぶち込むときにちょっと胸がちりっとするときもあったけれど、結局は自分のものだ。自分の判断で捨てるか捨てないかを100％決めることができる。もしあとで後悔しても、それはそれだ。しょうがない。

困るのは、やはり他人の思い出の品だ。物置で埃まみれになりながら、そこに大量の「私にはどうしようもないもの」があるのに気が付き、途方に暮れてしまった。それすなわち、両親の若い頃から現在に至るまでの半世紀に及ぶ大量の写真アルバムや思い出の品という、「情」の絡んだ、捨てがたい、そして役に立つとか使用するとかは今後も絶対しないだろう物品の山だ。

私は薄情なほうだ。そして、狭い賃貸に住んでいるしこれからもたぶんそういう生活をしていく。両親がみまかったあとでも、この北関東の実家で生活するつもりはない。つまりこの大量の「情」のかたまりは、いずれ私の狭い部屋にやってくることになる。私が産まれる前の二人の思い出の写真、スライドフィルム、古い本や手作りの服、何より職人である二人の作品などなど。私の薄情さは、これらをサッと捨てられるほどに研ぎ澄まされているか？　どうだろう。そりゃ私だって可能なら全部とっておきたい。いろいろあったが総合的には両親を愛している。しかし都会の住宅事情はシビアだ。畳一畳以上の場所をとる場合は、自分の生活を守るか遺品を守るかみたいな話になってしまう。捨てる罪悪感を薄れさせるためになんらかの施設（寺とか神社とか教会とか？）で「供養」をしてもらおうか。しかし両親とも神も仏も信じないアナキストだから、そんなことをしたら余計化けて出られそうだし、私も信じてないから何の慰めにもならない。我々は墓も持っていない。いずれ祖母と両親の骨壺も私の部屋に置いておくしかなくなるだろう。そういうのってクローゼットとかに入れっぱなしにしておいていいのかしら？　よくない気がするけど、メインルームに出しておくのもなんとなく嫌だ。寝室はもっと嫌だ。親の骨壺を寝室に置いている女、たぶんうなるほどモテない。なるほど、だから人は高い金出して墓地を買うのか。自分ちに親族の骨を置いておかなくて済むために。

人間死んだらそれまでというけれど、何かは絶対に残すことになる。それがただのゴミや不用品ならいい。時間かお金はかかるけど処分はできるから。問題は不用品と割り切れない不用品、いらないけど捨てられない「情」のかたまりたちだ。これらを死後どうするかだけは、当人が生きている間に決めておいてほしい。残される側として求めるのはそれくらいだ。しかしまた、これを当人たちに伝えるのが難しい。「あんたら死ぬ前に自分らの思い出の品とか作品とか処分しといてよ。可能な限り減らして。うち狭いから」を、どうやったらマイルドに言えるのか……。

終話と大人

自分編

あらゆる生物、いつか死ぬ。人生はいつか終わる。それは自明のことであるし、それがいつやってくるかは誰にも予測できないのだけれど、人はとりあえず「明日も生きてる」という前提で人生を回している。なんなら来週とか来年の予定も立てるし、数十年単位の目標を作って生きてる人もいる。人は「老いて死ぬ」がスタンダードで、若いうちはとりあえず死ぬときのことは考えずに生きていてもよい、ということになっている。

そりゃそうだ。残っている（暫定）時間が長いのに終わるときのことばかり考えて過ごすのは健全ではない。行楽地に着いた瞬間帰りの道の渋滞のことばっかりブツブツ気にしてるお父さんみたいだ。明日もある。来年もある。未来もある。なるべくそういう意識で生きてったほうが毎日楽しくやれそうな気はする。

そうは言っても、やはり、いかんともしがたく終わりは来る。40代は、平均寿命から考えるとちょうど折り返しくらいの時期だ。今までの人生を振り返り、これをもう1クールやるのかと思うとちょっと気が遠くなるけど、この世界で時の流れだけは誰にも平等だ。こうしてやくたいもないことを考えているときも、刻一刻と数十年先（仮）の寿命は近づいている。

理想の生き方は多様だが、理想の死となるとたぶんみんな大差ないものを思い浮かべるんじゃないだろうか。「始末よく死にたい」と。なるべく余計なものを残さずに、苦しまずに静かに死にたいと。中にはロケットで打ち上げられて月面で爆発四散したいみたいな人もいるかもしれないけど、ほとんどは穏やかな死を望んでるはずだ。

愛読している漫画に、そのタイトルもずばり『ひとりでしにたい』（カレー沢薫／ドネリー美咲著）という作品がある。これは兄弟がおり両親が健在な正社員のアラサー独身女性が、伯母の死をきっかけにいかにして一人で生きて一人で穏やかに始末よく死ぬかということを模索する、学習・啓蒙要素も含んだたいへんためになるギャグ漫画である。が、しかし、主人公と私の成育および生活条件が正反対と言っていいほど違っているため、ためになる～とは思いつつ、自分には応用できないだろうなとも感じている。

だいたい、穏やかに死にたいとは思うけど、最後苦しまないなら野垂れ死にオッケー、風呂で溶けててもいいやくらいのノリなのだ私は。そりゃ発見しちゃった人とか大家さんには申し訳ないが、死んじゃった後だもん。どうしようもない。あと友人に元・鑑識官がいるのだが、彼女曰く、都市の中では人は想像以上に一人で家の中で自然に死んでいるものらしい。それだけの「仲間」がいるなら、孤独死とはいえども同じ都市のクラウドを共有している死のような感じがしてくるではないか。しない？家族も両親しかいないし（探せば血縁はもうちょっといるだろうが、現時点で付き合い一切なし、名前も顔も知らん人が大半）、遠くない未来に天涯孤独コースに入るのが確定している。そうなったらもう、自分が死んだあとのことで思い悩むことはかなり少ない。おそらく金もブランド物も残らないだろうし、オタクだけどコレクター気質ではないので貴重な本やグッズなどもほとんど持っていない。まとめて廃品回収で持ってってもらって終わりになるだろう。トラック一台で済む。著作権なんかは残るだろうけど、そのへんの面倒は各版元と税理士さんで処理してくれ。墓も戒名もいらんし供養もいらん。燃やしたあとに骨壺なんかに入れとく必要もない。捨てといてくれ。それがダメなら適当に都の無縁仏コーナーにつっこんどいてくれればいい。そういう点での始末は、たぶんたいした手間はかからないはず。区役所の人とかの手を煩わせるとは思うが、税金きっちり払ってんだからそのへんはよきにはからってくれ。

となると、あと気がかりなのは「死に際」という点だけだ。そんなに長生きしなくてもいいけど、できればギリギリまでなんか書いて、他人さまに読んでもらいながら死にたい。あとなるべく苦しまず死にたい。寝てる間にいつの間にか死んでたというパターンでお願いしたい。

しかしそれはあくまで理想だ。今後長患いをする可能性もあるし、遺伝的にガンになる可能性もたぶん高い。ひとりぼっちで(たぶんそうなるでしょう)じわじわと進行していく病にかかったとき、どうやって生きていこうかな。私が今考える終活のフォーカスはそこのところだ。きっと私は偏屈で悲観的で貧乏なめんどくさい病人になるだろう。だらしない人間でもあるから療養をちゃんとやれるのかも分からない。そうなったときに、どこにどのくらいどうやって頼るのか、頼らないのか、そのへんだけは今のうちから考えておいたほうがいいかなとは思っている。

で、そこを突き詰めると結局は「貯金」の二文字しか浮かんでこなくなるのだけれど、しかし死に際の始末のために元気なうちに金を使うのを我慢するというのが、性分的にどうしても納得できない。私は目先の快楽にめっぽう弱い。というか目先の快楽のためだけに生きている。30分我慢すればあとで二倍のお菓子をあげますよと言われても、目の前のお菓子を即食ってしまう人間。ナチュラル・ボーン・キリギリスだ。今ここでスターウォーズのフィギュアを一体我慢することで老後の寿命が一週間延びますよと言われたら、迷わずフィギュアを買う。三体買う（その程度かという計算が働くため）。脳内に常時「いつ死ぬか分からんし」というウインドウがポップアップしていて、それが後先見ずな浪費や行動にGOサインを出してしまう。そういうキリギリス・ライフを改める気にならないし、改められる気がしない。あと20年くらいしたら心境の変化が訪れるかもしれないけれど、その時はいろいろなことが遅きに失しているだろう。だから私がやれる終活は、「住んでる部屋をゴミ屋敷にしない」「借金をなるべく残さない」くらいのものしかない。それでもけっこう立派なものだと思う。この二点だけ気を付けておけばいいと思えば、老後もけっこう気楽なものに思えてくる。

「老後に他人に迷惑をかけないように」と陰毛の脱毛までする人もいるが、もちろんその選択だって自由だけど、なんかこの「迷惑をかけないように」の閉塞感が強くて、終活周りの話題は見ていて辛くなることが多い。その人がいかに充実した、納得できる死を迎えるかより、遺族や周囲の人に迷惑をかけないことが第一目的になってるようなやつ。だって、死んじゃうんだぜ。人の死なんて誰のどんなものでも多かれ少なかれ迷惑かけるに決まってる。最期くらいもっと自分のことを考えてあげてもいいと思うのだ。

おわりに

先日、とても久しぶりにとんかつ屋さんに入った。

医者に肥り過ぎを指摘され揚げ物やジャンクフードを控えるように言われ、律儀にしばらく我慢していたのだが、その日はどうしても、どうしても、どう〜〜しても、とんかつが食べたかったのだ。

一度こうなったらもう、伊達や酔狂のとんかつでお茶を濁すことは許されない。主治医のいいつけを破ってまで食べるとんかつ。つまり掟破りのとんかつ。禁酒法時代のシャンパン、ヴェルレーヌが舐めるアブサンに匹敵する罪の味だ。それがしょぼいものであっていいはずがない。デカダンスに命をかけずして何の文学ぞ。

しこうして、食べログや地元情報網を駆使し、近所で一番くらいに評判のいい店を選び、平日のランチタイムに駆け込んだ。

店内は七割くらい席が埋まっていて、誰もが一心に黄金色のとんかつと飯をかきこんでいる。内装はこざっぱりと清潔で、メニューもとんかつ定食、かつ丼、かつカレーのみのストイックなラインナップ。ビール等は置いていない。ここはとんかつだけを求める客にとんかつだけを出す、とんかつのサンクチュアリなのだ。揚げ油の小気味よいサウンドと香ばしい香りが満ちていた。心が高揚する。瞳孔が開く。その光景で、私の心身は完全にとんかつに向けて〝覚悟〟を決めた。

カウンター席に座ると、目の前に置かれたメニューから「平日限定 ランチロースかつ定食」の文字と写真が飛び込んできた。山盛りのキャベツ、くし切りのレモンと多めの和がらし。銀シャリと赤だしとおしんこ。そして静かに、しかし確固たる存在感をもって横たわる、一枚のロースかつ。会いたかった——今日は本当に、キミに会いたかったんだよ。

一瞬、「少しでもヘルシーなヒレかつにすべきでは?」と私の中の悪魔が囁いたが、即座に「ここで日和るくらいなら今すぐ店を出てそこの公園で樹液でも吸ってろ」と私の中の天使が囁いたので、迷わず元気に「ランチロースかつ定食ください!」と注文した。

待つこと十分程度。まず臨席の先客の前に「ロースかつ定食おまたせしました」とお膳が運ばれてきた。横目でチラ見すると、おお、そこにはメニューの写真よりもふくよかな身を午後の光に輝かせた立派なロースかつが。細かめのパン粉に薄い衣のクラシックなスタイル。ジャスト・マイ・タイプ。いやがおうにも期待が高まる。早く、早く我が手にもとんかつを。

永遠にも思える数分ののち、ついに私の目の前に「ランチロースかつ定食おまたせしました」の祝詞とともにお膳が置かれた。夢にまで見たとんかつ。私の、私だけのとんかつ。

頂点に達した興奮の中で、しかし私はあることに気付いてしまった。小さいのだ。明らかに。隣の人のとんかつより、私のとんかつが。

どういうこと? 一瞬でパニックに陥った。こんな不条理はカフカやデヴィッド・リンチにだってありえない。私のとんかつだけ小さいなんて、そんな。

あの、すいません、と店員さんに向かって声が出かかったとき、後から入ってきたお客さんが「ロースかつ定食ひとつ」と注文した。すると店員さんは「ランチでなく普通ので大丈夫ですか」と確認した。

はっとして、私は目の前のラミネート加工されているメニューに手を伸ばした。よく見ると、私が注文したランチロースかつにはカッコ書きで小さく（120g）と書かれている。震える指でそれをめくると、その裏には通常メニューが現れ、そこには「ロースかつ定食（180g）」という文字が――。

謎は全て解けた。「ランチ」のロースかつ定食はお手頃価格なぶんとんかつが小さく、値段は数百円違うが、常連らしい客はみな通常のロースかつ定食を頼んでいたのだ。

ショックで眩暈《めまい》すら感じた。今日の私は、胃と血管が裂けるまでとんかつをむさぼり食ってやろうという覚悟でこの店に入った。死をもいとわぬとんかつの日だったのだ。それが、逸る心のままにランチメニューに飛びついてしまったばかりに、ひとまわり小さいとんかつを食べるはめになってしまった。

しかしもう、引き返すことはできない。私のとんかつはすでに私の目の前にあり、賽は投げられた。心で泣きながら、涙をこぼす代わりに渾身の力をこめてレモンを絞った。120g。通常より60gも小さなとんかつ。満足できるはずがない。単品でもう一枚とんかつ頼んでやろうか。しかし人気店だけあり店はどんどん混んできて、追加なんか頼もうものなら並んで待っている人からからしを投げつけられそうな雰囲気になっている。私はそのまま悄然と、小さなランチロースかつ定食を食べ始めた。

小ぶりなものの、そのロースかつは評判通りに素晴らしく美味しかった。油くささのまったくないかろやかな衣、舌で潰せるほどの柔らかな肉、甘みが滲み出るロースの脂。おしんこと赤だしも自家製とおぼしき丁寧な仕事をしていて、白飯もつやつやと炊けていてやや硬めのコンディションがとんかつにベストマッチ。私は無心でかつとキャベツと飯を口に運んだ。うまい。何もかもかなぐり捨てて今日とんかつを食べに来て本当に良かった。身体には悪いかもしれない。しかし明日何かの理由で急に死ぬかもしれないわけだし、その走馬灯に「ああ、あのときとんかつを食べたかった」というモノローグが流れるなんて最悪じゃないか。私はとんかつに満足し、暁に死ぬ。それでいい。そういう人生がいい。

今日この日に最高のとんかつが食べられたことに深く感謝しながら、私はおしんこのひとひらで最後の米粒をすくって口に運び、箸を置いた。そして気が付いた。自分がめちゃくちゃお腹いっぱいになっていることを。

お会計を済ませ店を後にし、私はまだ昼日中の日差しに照らされた近くの小さな公園に入った。ベンチもろくにないただの空き地のようなその空間で、ぼんやりと空を見上げながらただ佇む。

どう考えても、満腹だった。たった120gの、階級で言ったらバンタム級くらいのとんかつで、完全に胃がノックアウトされていた。

この街には10年以上住んでいる。越してきた当初、駅前の牛丼屋では何度も大盛りを食べたし、近くのインドカレー屋ではナンのおかわりを頼んだ。家系ラーメンでは当然ライスを頼んだ。その当時にとんかつを食べる金があったら、間違いなく最も大きい厚切りのロースかつを、キャベツ・ごはんのおかわりと共に平らげていただろう。

しかし、時は流れた。私はこの街で42歳になっていた。そういえば、いつの間にか富士そばで天玉そば（大盛り）を頼まなくなっていた。最近はもっぱらゆず鶏ほうれん草そば（並）だ。そういうことなのだ。そういうふうになったのだ。

もう一度、とんかつ屋を振り返り、風にそよぐ真っ白い「とんかつ」ののぼり旗を見た。すでにその四文字は、私の中で満足感と共に求心力を失っていた。あと一年くらいとんかつはもういいわ、という気持ちにすらなっていた。こんなふうにやってくるものなのか、幼年期の終りというのは。

自分はこの本の印税が入っても焼肉屋には行かないのかもしれない、と思いながら、私はややゆっくりとした足取りで帰路についた。

初出
平凡社ウェブマガジン『ウェブ平凡』
２０２２年１月〜２０２３年１月掲載
＊左記は書き下ろしです。
子供と大人／怒りと大人／病と大人／終活と大人（親編・自分編）

デザイン
アルビレオ
カバー作品
Clémentine de Chabaneix

王谷晶
おうたに・あきら

小説家。1981年東京都生まれ。
著書に『探偵小説《ミステリー》には向かない探偵』(集英社オレンジ文庫)、
『完璧じゃない、あたしたち』(ポプラ社)、
『BL古典セレクション3 怪談 奇談』(左右社)、
『どうせカラダが目当てでしょ』
『ババヤガの夜』(ともに河出書房新社)などがある。

40歳だけど大人になりたい

2023年4月12日　初版第1刷発行

著者　王谷晶
発行者　下中美都
発行所　株式会社平凡社
〒101-0051　東京都千代田区神田神保町3-29
電話　03-3230-6593［編集］
　　　03-3230-6573［営業］
印刷　藤原印刷株式会社
製本　大口製本印刷株式会社

ISBN978-4-582-83918-0
平凡社ホームページ　https://www.heibonsha.co.jp/